www.tredition.de

AF196222

Verena Aeschbacher

Ruedi der Verdingbub und das Glückskind

Familiengeschichte

www.tredition.de

© 2019 Verena Aeschbacher

Verlag und Druck:
tredition GmbH, Halenreie 40-44, 22359 Hamburg

ISBN
Paperback: 978-3-7482-8412-3
Hardcover: 978-3-7482-8413-0
e-Book: 978-3-7482-8414-7

Ruedi, der Verdingbub und das Glückskind

Familiengeschichte

Kapitel 1:

Meine Grosseltern und deren Geschwister, also die direkten Nachfahren des Amerika- Urgrossvaters.

Meine Grossmutter, Anna Elisabeth war zusammen mit ihrer älteren Schwester Rosa in Pflege gegeben worden zu einer Négotiantin, also eine Spezereihändlerin oder ganz einfach zu der Besitzerin eines Tante-Emma-Ladens. Sie wurde im Alter von ungefähr 10 Jahren dort platziert und man bürdete ihr viel Arbeit auf. Die Behörden hatten somit eine Last weniger zu tragen, und die Verdingkinder wurden ja nicht gefragt. Diese wurden zum eifrigen Arbeiten angehalten, schlecht genährt und noch schlechter gekleidet. Für Schulbesuche blieb nur ein Minimum an Zeit übrig oder anders gesagt, wenn keine wichtigen Arbeiten anstanden, konnte ein solcher erfolgen. Als meine Grossmutter dann ihren Mann, meinen Grossvater Karl kennenlernte, ging alles ähnlich weiter. Die viele Arbeit blieb, das Essen wurde zwar mehr, aber hinzu kamen des Öfteren Schläge oder sogar schwere Prügel. Mein Grossvater war ebenfalls verdingt gewesen, denn schliesslich war er der uneheliche Sohn seiner entehrten Mutter.

Wie oft hatte er erzählt, dass er immer nur Hunger litt. Oftmals ist er, bevor er sich auf den weiten Schulweg machte, durch ein Kellerfenster gestiegen, um ein paar Kartoffeln zu entwenden, welche eigentlich für die Schweine bestimmt waren. Eine solche Trostlosigkeit kann weder verarbeitet noch vergessen werden. Denn wie soll man mit der Gewissheit leben, dass es ein Schwein deutlich besser hat, denn es kann sich schliesslich sattfressen. Dass es später dann geschlachtet wird, wenn es fett genug ist, ist natürlich eine andere Geschichte. Ein junger, hungriger Mensch muss sich ja minderwertig vorkommen, wenn man die Schweine mästet und die Menschen, vor allem die Verdingkinder hungern lässt.

Nun am Anfang ihrer jungen Ehe hatten sich Anna Elisabeth und ihr Ehemann Karl, meine Großeltern, eine Bäckerei eingerichtet und es schien, dass sie nun endlich aus dem grossen Elend herauskämen. Eines Nachts, seit Stunden regnete es in Strömen und es herrschte eine richtige Weltuntergangsstimmung, nahm die vormals schönere Zukunft ein raues Ende. Der nahe Simmen-Fluss, dessen Bett mitten durchs Dorf verlief, schwoll unendlich an. Das Unglück war nur wenig später nicht mehr aufzuhalten. Das Wasser suchte seinen Weg über die Dorfstrasse und überschwemmte hemmungslos die am Rande stehenden Gebäude. Die grosselterliche Bäckerei stand wenig später bis zum ersten Stock unter Wasser. Meine Grosseltern konnten sich gerade noch mit ihren vier kleinen Kindern, der schwarzen Katze und einem Stoffpüppchen meiner Mutter retten. Kleider verblieben ihnen nur die paar Lumpchen, die sie am Leibe trugen. Nichts war fortan mehr wie früher. Versichert waren sie nicht, und ausser Schulden verblieb ihnen nur das nackte Leben. Jetzt zogen sie ein gutes Stück vom Dorf weg in einen kleinen Weiler, den „Brand". An diesem mehr als steilen Hang fingen sie als Kleinbauern ganz von vorne an. Die harte Arbeit war geblieben, die Schläge auch. Anna Elisabeth, meine Grossmutter, verdiente als Wäscherin noch Geld hinzu. Jede Woche wusch sie bei einem grösseren Hotel, dem „Sternen", unten im Dorf die ganze Schmutzwäsche von Hand. Sie schrubbte, seifte, kochte, wrang und rubbelte viele, viele Wäschestücke, und ihre Hände waren immer rissig, rot und wundgescheuert. Der Rücken wurde krumm, aber die Prügel, die sie zu Hause bezog, waren ihr geblieben. Ihre Schwester Rosa, die Älteste, mit der sie die Verdingkindheit geteilt hatte, hatte es auch nicht viel besser

7

getroffen. Allerdings heiratete sie einen Beamten, einen ange-fressenen Eisenbahner mit regelmässigem Einkommen und ebenso regelmässigem Frauenverschleiss. Ich weiss nicht, was den Frauen an ihm so gefallen hat, denn er war eher schmächtig, wenn nicht sogar ein recht mickriges Männchen zu nennen. Klar, er spielte in der städtischen Blasmusik und feierte auch gerne überall mit. Immer wieder amüsierte er sich mit seinen Freun-dinnen mehr oder weniger offensichtlich. Bekannt wurden seine Frauengeschichten spätestens, als er seiner Frau Rosa eine Ge-schlechtskrankheit anhängte. Diese ungewollte Krankheit brach-te sie fast um und ihr ganzes restliches Leben nur noch mehr durcheinander. Von diesem gesundheitlichen und seelischen Schlag hat sie sich nie mehr ganz erholt, denn es verblieben ihr eine ganze Reihe hässlicher Narben im Gesicht. Das einzige Ge-fühl, welches sie fortan beherrschte, war eine Riesenwut und eine ebenso grosse Verbitterung. Der mittlere Bruder Fritz schien es etwas besser getroffen zu haben, denn zumindest steckte er weder Prügel noch fremde Krankheiten ein. Ein glückliches und erfülltes Leben aber war auch ihm nicht vergönnt.

Nun ja, vom Jüngsten, dem Albert (Vater von Ruedi), hatten die anderen Drei nie mehr etwas gehört und konnten somit auch keine Kontakte zu ihm pflegen. In ganz jungen Jahren trat Albert in einer Bauunternehmung als Hilfsarbeiter an und arbeitete sich langsam durch sämtliche Sparten hoch bis hin zum sehr geschätzten Maurer. Sein Leben verlief eher in ruhigen, geordneten Bahnen oder zumindest erschien es so nach aussen hin. Erst mit knapp vierzig Jahren heiratete Albert seine um 17 Jahre jüngere Frau Emma. Emma kam aus ähnlichen Verhältnissen wie Albert, und eigentlich hätte man nun annehmen dürfen, dass endlich Ruhe einkehren würde in diese seit Jahrzehnten so zerrissene Familie. Das junge Ehepaar bezog eine einfache Wohnung und schon stellte sich der grosse Kindersegen ein. Ein ganzes Dutzend Kinder und noch einige Frühgeburten bereicherten schlussendlich das bescheidene Leben dieser arbeitsamen Leute. Aber, mit dem Kindersegen wurden auch die finanziellen und sozialen Probleme in diese Familie hinein geboren. Jedes Jahr ein neuer Erdenbürger oder mindestens eine Frühgeburt, das zehrte ganz bestimmt an den Kräften von Emma. Eine ihrer Töchter schilderte mir einmal, wie so etwas ablief. Emma samt Tochter hatte den ganzen Tag auf dem Kartoffelacker gearbeitet. Sie waren endlich auf dem Nachhauseweg, als Emma plötzlich zu ihrer Tochter sagte: „Warte einen Augenblick, mir ist nicht so gut." Emma verschwand im Gebüsch und nur wenig später musste ihre Tochter bemerken, dass mit der Mutter etwas nicht stimmen konnte, denn sie blutete ziemlich und der rote, schleimige Saft rann in einem feinen Bächlein an den nackten Beinen runter.

Jahre später erst wusste ihre Tochter, dass Emma damals gerade wieder eine Frühgeburt hatte. In den Jahren 1947 bis 1957 wurden bei Albert und Emma regelmässig die Kinder, die das zehnte Altersjahr erreichten, von den Behörden abgeholt, um irgendwo als Verdingkinder ihr Dasein zu fristen.

Kapitel 2:

Ruedi, der Verdingbub

Verena, eine Tochter von Albert und die Schwester von Ruedi, erzählte mir einmal, dass sie heute keine Angst mehr vor dem Sterben hätte, denn sie wäre innerlich bereits mit 10 Jahren gestorben. Sie erinnerte sich an einen Abreisetag einer ihrer Schwestern. „Ein Ross mit Wagen ist vorgefahren, auf welchem Leute aus dem Gemeinderat und der Pfarrer sassen. Meine Schwester stand mit einem kleinen Bündel in der Hand vor dem Haus. Daneben wir anderen Geschwister und unsere Eltern. Alle weinten herzzerreissend, und die Mutter wischte sich immer wieder mit dem geblümten Schürzenzipfel über die roten Augen. Es half alles nichts. Die Schwester wurde auf den Wagen gehoben und schon rollte das Fuhrwerk davon. Zurück blieben nur eine kleine Staubwolke und der restliche Teil der Familie, der noch lange weiter weinte. Tiefe Traurigkeit bemächtigte sich meiner und mir wurde schlagartig bewusst, dass im nächsten Jahr ich die Nächste sein werde. Fortan fehlte mir jegliche Lebensfreude und ich sah mit grossem Unbehagen und noch grösserer Angst meinem zehnten Geburtstag entgegen." Im folgenden Jahr war ich es, die auf dem Pferdefuhrwerk weggefahren wurde. Ich weiss nur noch, dass wir unterwegs bei einem Kleiderladen in Burgdorf Halt machten und man mir zwei, drei neue Sachen kaufte, damit man sich nicht gar zu arg schämen müsse beim „Nachhause kommen". Ja, ich war bei einem kinderlosen Bauernpaar gelandet, welches noch mit den beiden ledigen Brüdern des Patrons auf dem Hof zusammenlebte. Jeder hatte seine Aufgabe und mir wurde schnell bedeutet, dass ich jetzt gross genug sei, um tatkräftig mitzuhelfen. Dass Arbeit auch Hunger macht, schien den Bauersleuten noch nicht klar, denn mein Magen knurrte fast unablässig. Ich zwackte mir jeweils einige rohe, ungewaschene Kartoffeln ab, die eigentlich für die Schweine bestimmt waren. Diese Kartoffeln grub ich unter einem Brett in der „Remise" ein. Bevor ich mich dann aufmachte, um den langen Schulweg unter die Füsse zu nehmen, holte ich mir immer noch ganz schnell ein, zwei Kartoffeln aus meinem Versteck. Hungrig verzehrte ich sie roh, nachdem ich sie nur etwas sauber gerieben hatte. Die beiden Bauersleute wollten, dass ich sie mit „Vater und Mutter" anredete, aber da weigerte ich mich strikt, indem ich ihnen klarmachte, dass ich selber Eltern hätte und keine zweite Garnitur davon benötigte. Ich glaube, ich sagte immer nur „He du", wenn ich von einem der beiden etwas wollte. Auf alle Fälle sprach ich sie nie mit etwas persönlichem an. Es war eine mehr als unfreundliche Kindheit. Eines Tages, als ich in der Schule ankam, fragte mich die Lehrerin: „Hast du einen

Bruder, der Heinz heisst?" „Ja warum?" „Weil gerade ein neuer Schüler aus deiner Gegend an unsere Schule gekommen ist." In der Pause sah ich ihn dann, den Heinz. Ich näherte mich ihm etwas zweifelnd und dann erfasste mich ein tiefes Glücksgefühl, ja, es war tatsächlich mein Bruder Heinz und das bedeutete für mich so etwas wie Heimat. Doch auch diese Freude wurde mir rasch wieder genommen, denn eines Tages war er einfach nicht mehr an der Schule, dieser Heinz. Auf meine Frage wurde mir kurz angebunden gesagt, dass er halt weg sei. Warum? Wieso? Niemand wollte sich dazu näher äussern. Was sollte man sich aufregen oder sich darüber grosse Gedanken machen, denn man hatte keine andere Wahl, als alles ungefragt zu akzeptieren. Klar wunderte ich mich und ich fragte mich auch immer wieder ´Warum bloss´? Auch konnte ich es kaum begreifen, dass Heinz so plötzlich nicht mehr an dieser Schule war. Aber wo war er denn? Erst viele Jahre später, wir waren längst aus der Schule entlassen, konnte ich dann vernehmen, dass Heinz damals von unserem Vater selber neu platziert wurde, nachdem ihm einige Bekannte mitteilten, dass es sein Bub dort ein bisschen „komisch" hätte. Heinz war nämlich bei einem pädophilen Bauern untergekommen, der ihn gar häufig, mehrmals täglich, in einen grossen Bottich setzte, um ihn zu baden und auch entsprechend zu streicheln. Dieses Tun wurde von einigen Nachbarn gesehen, und so machten sie Mitteilung an Albert, den Vater. Unser Vater fuhr mit einem alten Militärvelo vor und führte noch ein zweites Velo mit. Er fuhr nun mit Heinz selber zu einem anderen Bauern. Dort musste Heinz zwar schwer arbeiten, erhielt aber zumindest genug zu essen. Auch durfte Heinz einmal pro Jahr während der Sommerferien für eine Woche nach Hause. Als er das erste Mal dann zu Hause war, verdrückten sich die kleineren Kinder ganz schnell. Sie fragten sogar ihre Eltern: „Wer ist das denn?" Die Eltern sagten, dass das ein älterer Bruder von ihnen sei. Nach anfänglicher Scheu wurden sie dann immer zutraulicher. Doch bevor richtiger Familiengeist aufkommen konnte, waren die Ferien schon wieder vorbei und es hiess, zurück zum Bauern. Heinz und Ruedi erzählten mir auch, dass die beiden Bauern ihnen immer eingetrichtert hätten, dass das Lernen und die Schule zu nichts taugen und sie sich aufs Arbeiten zu konzentrieren hätten, denn die Bauern bräuchten Knechte und Mägde und nicht Gelehrte. Heinz erzählte, dass er einmal den Käser um Käsespäne bat, denn der war gerade beim Abrinden des neuen Käses. Der Käser blaffte: „Was willst du?" Heinz wiederholte seine Bitte. Der Käser nun warf diese Abrinden auf den Vorplatz mit den Worten: „Hier friss!"

Verena konnte gar nichts Erfreuliches beisteuern aus ihrem Verdinget sein in Dürrenroth. Nach heutiger Sicht der Dinge muss man sagen, dass Dürrenroth eigentlich ganz idyllisch gelegen ist. Der Hof freilich ist ein eher schwer zugängliches Objekt. Die Emmentaler Hügel mit ihrem saftigen Grün sind ja wirklich mehrere Blicke wert, aber als ich selber das alte, braune Bauernhaus sah mit dem Wissen, dass die kleine Verena mit 10 Jahren dort abgestellt wurde wie ein nicht mehr zu gebrauchendes Möbelstück, konnte ich nicht mehr viel Malerisches an Dürrenroth finden. Nein, im Gegenteil, ich finde es eine Schande und einen Hohn, wie man mit diesen Kindern umging. Verena erzählte dann noch dieses: „Ich ging sehr gerne zur Schule, denn dort wurde viel Interessantes gelehrt und für einmal war das leicht zu bewältigende Arbeit. Leider erhielt ich nie ein Stück Papier, damit ich hätte nach Hause schreiben können. Selber wurde mir auch nie geschrieben. Das Einzige, was ich praktisch alljährlich zu hören bekam ist dies: ´Es ist bei denen schon wieder so ein „Saugoof" zur Welt gekommen. Also noch einer mehr, den man dann durchfüttern muss und ihn verdingen kann!´ „Als ich selber mich dann langsam zur Frau entwickelte, stellte mir mein von der Behörde ausgesuchter Betreuer, der Hausherr und Bauer immer nach, und ich hatte die grösste Mühe, ihn mir vom Leib zu halten. Für mich verständlicher wäre gewesen, wenn die beiden ledigen Brüder des Bauern nach mir geschielt hätten, aber nein, die verhielten sich untadelig. Und wie in den meisten Fällen üblich schien die Bäuerin nichts von allem, was um sie herum zu geschehen schien, zu bemerken. Endlich war meine Schulzeit beendet und ich konnte dem ungastlichen Haus entrinnen. Aber als ich dann meine Geschwister wiedersah, hatte ich keinen Bezug zu ihnen, denn bis heute sind sie mir eigentlich fremd geblieben. Mir wurde meine Kindheit gestohlen und damit auch das restliche Leben verpfuscht. Ich bin seither auch nie mehr zurückgekehrt bis jetzt mit siebzig Jahren. Vor meinem geistigen Auge habe ich jede Einzelheit vor Augen. Es hilft nichts, am besten vergisst man diese unselige Zeit, denn ich will und mag nicht weiter darüber reden."

Heinz und Verena hatten ja noch viele weitere Geschwister. Die jüngsten sechs durften endlich ganz normal bei den Eltern aufwachsen. Das letzte, noch verdingte Kind war Ruedi. Er kam ebenfalls bei einem Bauern unter. Einmal erzählte er: „In meinen Erinnerungen sehe ich immer wieder das Wiederkommen des ein und desselben Mannes. Nach seinem Verhalten und dem meiner Mutter schien er eine Respektsperson aus der Gemeinde zu sein. Jedes Mal sprach er lange mit meiner Mutter. Wir waren eben erst gerade in diese Gemeinde zugezogen. Es muss so um Ostern herum gewesen sein, denn ich weiss noch, dass ich ein Osternest mit gekochten Eiern von meinen Eltern erhalten hatte. Allerdings mochte ich keine gekochten Eier, und so schenkte ich sie an die Umzugshelfer weiter. Diese zwei Männer bedankten sich freudig und assen genüsslich meine Ostereier. Als wir am neuen Ort eingezogen waren, sagte meine Mutter fast täglich: „Jetzt musst du dann bald von uns allen weg, denn du kommst zu einem Bauern, als Verdingbub." Dieser oftmals geäusserte Satz verfolgt mich heute noch, obwohl ich mittlerweile Rentner bin. Oftmals träume ich von dieser ominösen Äusserung, denn sie ergab damals für mich keinen Sinn, nein, sie schwebte als unbekannte Bedrohung über meinem Kopf. Eines Tages hiess es dann: „Du gehst jetzt zu Bauer M." Mit dürftigen Worten beschrieb man mir den kurzen Weg. Bauer M. war unser Nachbar. Klar, dazwischen lagen steile Äcker und noch steileres Weideland. Wir hatten bloss knapp Sichtkontakt, wenn die Eltern einen Hügel hoch wanderten. Ich hatte diese Familie M. zuvor noch nie gesehen. Ich hatte noch immer meinen Schulsack auf dem Rücken, denn ich kam gerade von der Schule nach Hause, als man mir kundtat: „Jetzt ist es so weit, geh jetzt!" So wie ich eben zu Hause angekommen war, so setzte ich nun meinen Weg fort in Richtung Ratzenbergli, dem M.-Hof - mit dem Schulsack auf dem Rücken und den genau gleichen Kleidern wie zuvor und mit einem Herzen voller Nichtverstehen. Dieser M. wohnte allerdings nicht sehr weit entfernt vom Heim unserer Familie, es waren nur etwa zwei Kilometer. Diese Nähe machte für mich die ganze Geschichte auch nicht besser, denn wenn ich am Morgen zur Schule musste, begegnete ich oft meinen jüngeren Brüdern, die ebenfalls zur Schule gingen.

Ich kam also an einem benachbarten Feldrand an und sah dort jemanden heuen. Ich fragte nach dem Weg, denn ich solle zu Bauer M. „Da bist du hier genau richtig, zier dich nicht lange und fang gleich an mitzuarbeiten." Das waren die an mich gerichteten Begrüssungsworte. Das Ehepaar M. hatte nur einen Sohn, den Hans. Dieser war einige Jahre älter als ich. Im selben Haushalt lebte noch eine unehelich geborene Magd, die Sonja, eine Teufelin in Frauengestalt. Dieses Mädchen war bei meinem Antritt bereits mit der Schule fertig. Diese Sonja dressierte, drangsalierte und schikanierte mich, wo sie nur konnte. Zudem galt auf diesem Hof vor allem: hungern, arbeiten und ungerechte Behandlung. M.s waren nicht etwa arme Schlucker, nein, sie gehörten zu den grösseren Bauern der Region."

Ruedi war ein ruhiger, sensibler und in sich gekehrter Junge und litt daher sehr unter diesem Regime. Auch er konnte viele Jahre nicht über das Vorgefallene sprechen. Erst heute, mit mehr als sechzig Jahren, äussert er sich ganz selten über einige Beispiele. Er erzählte mir, dass er immer nur die abgelegten Kleider von Hans austragen musste, ob die denn passten oder nicht war Nebensache. Es machte keinen Unterschied, ob man damit zur Schule oder in den Stall musste, es gab einfach nur die eine x-fach schlecht geflickte Garnitur. Das Schuhwerk war selten passend, denn einmal waren einem die Schuhe zu klein und manchmal viel zu gross. Beides war recht unangenehm, denn der Schulweg war sehr lang und für die Kochschule oder den Kirchenunterricht waren es sogar acht Kilometer für den Hinweg und für den Rückweg nochmals so viel. Unterwäsche oder ähnliches kannte man bei diesen Leuten nicht, und mit der Sauberkeit hielten sie es auch nicht so. Beim Essen gab es grosse Unterschiede. So wurde für den Bauern und Hans öfter mal Haferbrei mit viel Zimtzucker zum Abendessen zubereitet. Ruedi durfte selbstverständlich niemals von dieser Köstlichkeit kosten, denn für ihn war altes und hartes Brot gerade richtig. Da die Bäuerin es mit der Sauberkeit im Haus und der eigenen Körperpflege nicht so hatte, kamen auch verdorbene Speisen auf den Tisch. Sonja, die junge Magd, stand ihr in Unreinheit in nichts nach. Einmal wurde jedem ein dickes Stück geräucherter Schinken vorgelegt. Es schien, als würde Ruedi den „Braten" riechen. Er drehte das auf dem Teller liegende Stück Fleisch um und sah einige weisse Würmer sich darunter winden. Angeekelt schob er seinen Teller von sich. Die anderen Tischgenossen stutzten, nur nicht Sonja. Sie holte mit ihrer Faust weit aus und knallte dem verdutzten Ruedi eine ordentliche Ohrfeige, welche sie mit folgenden Worten begleitete: „Hier wird gefressen, was auf den Tisch kommt, basta." Damals war es noch so, dass alle Milchbauern eine ihren Lieferungen angepasste Menge Käse zurückkaufen mussten. Jeden Monat lag nun ein recht grosses Stück Emmentaler Käse im Holzbottich im dunklen Keller. Anstatt dass dieser Käse gleich gegessen wurde, wartete man, bis er stark angeschimmelt war und erst dann wurde er verzehrt. Indem man nicht korrektes Essen auf den Tisch brachte, konnte man schliesslich auch sparen, denn keiner nahm mehr als unbedingt nötig davon. Hans und der Bauer durften selbstverständlich am Morgen ein Kakaogetränk zu sich nehmen, Forsanose oder so ähnliches gab es für die beiden. Wo hingegen Ruedi, der Verdingbub sich an dunklem Kaffee laben musste. Es waren diese Ungleichheiten, diese Ungerechtigkeiten, die Ruedi so schrecklich schmerzten. Auch hatte er keine Möglichkeit, sich in irgendeiner Form zu wehren oder gar zu rechtfertigen. So erzählte Ruedi: „Eines Tages musste ich dem Bauern bei den Bienen helfen. Er wurde von einer Biene in den Kopf gestochen und jammerte arg über diesen Schmerz. Er befahl mir, ihm den Stachel aus seinem Schädel zu ziehen. Er beugte sein Haupt mit den speckigen, verfilzten Haaren in meine Richtung und ich hätte nun in dem stinkenden Wust nach dem Bienenstachel suchen sollen. Ich weigerte mich und stellte mich gar dämlich an. Der Bauer wurde dermassen wütend, dass er mit seiner grossen schwieligen Hand ausholte und mir eine donnernde Ohrfeige verpasste, die mich im hohen Bogen auf den Misthaufen katapultierte. Mir brummte danach noch tagelang der Kopf. Am ehesten konnte ich mein Elend ertragen, wenn ich mich um die verschiedenen Tiere kümmern musste, denn diese brachten mir Liebe und Zuneigung entgegen. So hing mein junges Herz an der schönen Bernersennenhündin, der Senta. Klar, Senta war schon etwas in die Jahre gekommen und sie hatte manchmal etwas viel Mühe, sich im recht steilen Gelände zu bewegen. Trotzdem oder gerade deshalb hingen wir beide aneinander. Doch dem jähzornigen M. war die Senta schon lange zu langsam und eventuell störte ihn deren Anhänglichkeit zu mir noch mehr. Eines Tages holte er eine Axt und drosch auf Senta ein, bis sie tot war. Mit diesen Schlägen tötete er nicht nur Senta, nein, er brach mir das Herz. Auch hatten wir, wie es auf einem Bauernhof so üblich ist, einige Katzen, denn diese sollten den Mäusen und Ratten den Garaus machen. Natürlich war es zu damaligen Zeiten und erst noch auf einem Bauernhof nicht üblich, dass man Katzen kastrierte oder operierte. Also gab es zwangsläufig regelmässig kleine Kätzchen. Unmöglich, diese vielen Katzen heranwachsen zu lassen, also musste man sie wohl oder übel töten. Aber dass ich als Knabe dann diese Aufgabe zugeteilt bekam, war nicht richtig. Einmal musste ich diese schreckliche Arbeit tun und die winzigen Kätzchen auf den harten Tenn-Boden werfen, um sie so umzubringen. Danach musste ich mir schier die Seele aus dem Leib kotzen, denn ich liebte doch alle Tiere. Bauer M. hatte mir diese Aufgabe extra und mit folgenden Worten zugeteilt: ´Das wird dich für die Zukunft abhärten!´ Nebst Schweinen, Hühnern, Kühen und Kälbern hatten wir auch ein altes Pferd, den Moritz, und natürlich noch zwei Jüngere, eines davon war der „Fränzu". Moritz war ein äusserst zuverlässiger Geselle, demnach gut geeignet als Käsereiross. Ich konnte mich vollumfänglich auf ihn verlassen. Morgens und abends musste ich mit Moritz die Milch in die Käserei fahren. Im Winter lag manchmal dermassen viel Schnee, dass man den Weg mehr ahnen als sehen konnte. Moritz aber machte seine Sache wirklich gut, er war sehr trittsicher und brachte mich immer wohlbehalten zur Käserei. Der M.-Hof hiess eigentlich Ratzenbergli und war das nachbarliche Gehöft zu meinem Elternhaus, der Fuhren. Oftmals stapfte mein Vater durch den vielen Neuschnee, um das Postauto in der Bachmühle zu erreichen, denn er wollte zur Arbeit. Wenn ich ihn sah, nahm ich ihn regelmässig auf unserem Käsereischlitten mit. Moritz war ein so kluges Tier, dass er meinen Vater oftmals schon vor mir sah und dann gleich anhielt, damit er aufsteigen konnte. Allerdings trug mir diese Hilfsbereitschaft auch einige Ohrfeigen vom Bauern ein, denn er glaubte, dass ich nur meine Zeit vertrödeln würde.

Bauer M. rauchte Pfeife, wie viele andere damals auch. Ich musste oft einen grossen Sack, von ca. fünf Kilo Tabak für ihn kaufen gehen. Nicht etwa nach der Schule, nein, nach dem Mittagessen musste ich den gleichen Weg, den ich morgens für die Schule gemacht hatte, nochmals gehen, um den Tabak zu holen, nur damit die Leute davon nichts mitbekamen. M.s hatten diesen Hof gepachtet. Jedes Jahr war der Zins fällig. Anstatt, dass man diesen bei der örtlichen Poststelle einzahlte, musste ich extra nach Riggisberg marschieren, um das Geld bei der dortigen Post einzuzahlen, denn es gehe die Leute von Niedermuhlern nichts an, wieviel er zu zahlen habe, sagte M. So seine Begründung. Der Weg nach Riggisberg war immerhin 8 km lang. Ja, zu dieser Zeit wurde viel über das, was die Leute sagen und denken gegrübelt, aber über sein eigenes, oftmals recht schräges Verhalten machte man sich deutlich weniger Gedanken. Leider. Ein Verwandter meines Patrons hatte bei meinem Elternhaus seinen Viehbestand untergebracht. Morgens und abends kam er jeweils, um seine Tiere zu versorgen. Das Versorgen sah er offenbar nicht ganz gleich wie andere Leute. Eines Tages, meine Brüder waren schon recht grosse Burschen und wollten sich, wie schon öfter, zum Verwandten von M. in den Stall begeben. Aber was war das denn? Dieser lag doch auf einer grossen Sau und vögelte diese. Beim Eintritt meiner Brüder schrie, tobte und fluchte er, was das Zeug so hielt und schimpfte: ´Was habt ihr hier zu suchen, ihr gott-verdammten Sauhunde, macht, dass ihr von dannen kommt´. Er schrie und tobte noch lange weiter. Dieser M.-Verwandte war nicht etwa ein einsamer Junggeselle, nein, er hatte zu Hause eine Frau und ein halbes Dutzend rotznasige Kinder. So grobschlächtig ging es bei diesen Leuten also zu und her. Und in ein solches Milieu wurde ich platziert, es scheint kaum zu fassen. Wir sprechen nicht vom 18. Jahrhundert, nein, es spielte sich alles im zwanzigsten Jahrhundert, in den Fünfzigerjahren, nein, fast schon in den Sechzigern, ab.

Es gab einen einzigen Tag, der für mich der absolut schönste des Jahres war. Nein, nein, nicht mein Geburtstag, dieser wurde gar nie erwähnt, auch nicht Ostern oder Weihnachten, aber es war die alljährliche Viehprämierung. Wenn dieser Anlass anstand, wuschen wir am Vortag schon die zu prämierenden Kühe. Wir bürsteten und striegelten sie, und zuletzt banden wir den Kühen ein prachtvolles Blumengebinde zwischen die Hörner. Es sah allerliebst aus. Am Prämierungstag marschierten wir dann mit den geschmückten, gewaschenen und fein gestriegelten Kühen nach Niedermuhlern zur Prämierung. Jedes Jahr kamen wir mit einigen gut prämierten Kühen zurück auf den Hof. Auf dem Nachhauseweg mussten wir jeweils tüchtig pressieren, denn die Kühe marschierten rasant heimwärts, schliesslich hatten sie den ganzen Tag nichts zu fressen oder zu saufen bekommen. Es kam öfter einmal vor, dass eine Kuh der anderen ihren blumigen Kopfschmuck abriss und ihn verputzte und demzufolge sahen alle, am Ende des Tages etwas ramponierter aus. Wenn es einen schönsten Tag gibt, so gibt es natürlich auch einen schrecklichsten Tag. Dieser gestaltete sich folgendermassen. „Morgen kommt der Klauenhausi" vernahm ich so nebenbei beim Nachtessen vom M.-Bauer. Vor Mitleid rutschte mir mein Herz jetzt schon in die Schuhe, denn diese Ankündigung verhiess nichts Gutes. Der „Klauenhausi" war Viehhändler und auch „Klauner". Er fuhr einen der ersten VW- Käfer der Region. So ungefähr zweimal pro Jahr kam er für die Fusspflege, das „Klaunen" der Kühe auf den Hof. Er schabte den Kühen ihre Hornfüsse sauber. Das war ja noch nicht das Drama, aber... Er übernahm auch gleich die Aufgabe, die kleinen, rosigen Ferkel zu kastrieren. Da fing dann das ganze Elend an. Grosse und kleine Schweine haben von Natur aus die Angewohnheit, sich recht lautstark mit schrillem Quietschen bemerkbar zu machen, sobald sie etwas ängstigt. Jetzt wurde Schweinchen um Schweinchen an „Klauenhausi" gereicht. Mit einer scharfen Rasierklinge wurde ein kleiner Schnitt in den Bauch gemacht, um so den Samenleiter zu durchtrennen. Etwas Desinfizierendes wurde drauf getröpfelt, und schon stand das kleine Ferkel wieder auf dem Boden. Das ängstliche, grelle Quietschen schien kein Ende zu nehmen. Damals wusste man es nicht besser - und heute weiss man es besser und macht es an vielen Orten immer noch wie früher. Die zuständigen Leute behaupten allen Ernstes, dass das ja kaum schmerzhaft sei für ein Schweinchen. Aber jedes Lebewesen ist ein Lebewesen und fühlt demnach auch Schmerzen. Wenn man jeweils den frisch kastrierten Ferkeln zusieht, kann man bemerken, dass sie wie belämmert dastehen und das erlittene Ungemach nicht verstehen können. Freilich muss ein männliches Ferkel kastriert werden, ansonsten ist sein Fleisch völlig ungeniessbar, denn es würde zu streng und intensiv nach Schwein riechen. Aber eben, man kann ein Schmerzmittel verabreichen und vielleicht etwas zum Beruhigen dazu geben, damit alles stressfreier von statten geht. Noch heute kommt mein Blut in Wallung und ich möchte nur allzu gerne, dass jeder, der auf so brutale Art seine Ferkel kastrieren lässt, ebenfalls ohne Schmerzmittel operiert wird. Oftmals, wenn die Ferkel schrill und verängstigt schrien, hätte ich ebenfalls gerne laut und deutlich geheult, um so mein Elend der ganzen Welt zu offenbaren. M. und der „Klauner" machten sich auch einen Riesenspass daraus, mich mit folgendem Satz zu ängstigen: ´Pass nur auf, wenn die Ferkel durch sind, dann machen wir bei dir gleich weiter. Du kannst dich schon mal auf diese Prozedur einstellen. Ich schiss mir jeweils vor Angst, Wut und Trauer fast in die Hosen. Und atmete erleichtert auf, sobald dieser grässliche „Klauner" mit seinem VW vom Hof wegfuhr.

In jedem Frühjahr sammelte ich eifrig viele Schnecken. Jeweils am Samstag brachte ich diese an die Schneckensammelstelle. Man bezahlte mir fünf Franken pro Kilo. Ich war ein fleissiger Kerl und überbrachte stets so 10 bis 20 Kilo. Beim Nach-Hause-kommen musste ich das Geld gleich an M. abgeben. Auch erhielt ich oftmals von verschiedenen Bauern ein Trinkgeld, weil ich gut zu ihren bei uns in Pflege gegebenen Gusti schaute. Auch dieses Geld wurde auf mein Sparkonto einbezahlt wie Bauer M. immer behauptete.

Einmal, es war ein Sonntagnachmittag, traf ich mich mit meinen jüngeren Brüdern, die ich jeweils in der Schule sah, im nahe gelegenen Wald. Wie es halt so ist, stellten wir allerlei Unfug an, um uns zu amüsieren. Einen Bauern aus der Umgebung schien dieses übermütige Treiben zu stören. Er versuchte, einen von uns zu schnappen und er fasste mich am Kragen. Er drosch so lange auf mich ein, bis ich bewusstlos darnieder lag. Meine Brüder holten in ihrer grossen Angst sofort den Vater, denn sie meinten, ich wäre tot. Ich weiss nur noch, dass plötzlich Vaters Gesicht über mir war, und er mich aufhob und zum M.-Hof brachte. Am nächsten Tag hiess es: „´Marschiere nach Riggisberg zum Doktor Zehnder!´ Dieser stellte eine schwere Gehirnerschütterung fest, denn ich hatte heftige Kopfschmerzen. Nun hiess es, sofort heim ins Bett und ausruhen. Allerdings war es nichts mit Liegen, denn mir wurde befohlen: ´Du kannst dich mit allen Arbeiten im Stall und auf der Heubühne beschäftigen, damit dich niemand sieht, es ist nicht die Zeit zum Liegen. Schliesslich sind wir gerade beim Heuen´. Mein Vater hatte in Belp Anzeige erstattet. Mein Vater, Bauer M., ich und der Bauer, der mich verprügelt hatte trafen sich ein paar Tage später vor dem Richter im Schloss Belp. Der Richter verdonnerte den Schläger zu 100 Franken, die er mir in die Hand geben musste. Der Richter fragte mich nun: ´Bist du so zufrieden?´ Ich bejahte. Nun traten alle nach draussen. Einige Meter vom Schloss entfernt verlangte M. das Geld, denn er würde es selbstverständlich auf mein Sparbuch einzahlen. Er hatte mir immer versichert, dass er all mein Geld auf mein Sparbuch einzahlen würde und ich dann am Ende meiner Schulzeit über dieses Geld verfügen könne. Dieses Versprechen entpuppte sich ein weiteres Mal als Lüge, denn als ich endlich vom Hof wegkonnte, hiess es: ´Du hattest schliesslich jahrelang Kost und Logis bei uns, also vergiss das Ganze´.

Ein weiteres Beispiel bringt mich noch heute in Rage. Auf der Laube beim Stöckli stand ein herrlicher, alter Töff. Die Marke ist mir entfallen, aber er hatte so einen breiten Sitz und der zweite lag noch etwas höher. Dieses Motorrad hatte es mir angetan, denn nur gar zu gerne hätte ich daran rumgeschraubt und gehört, wie es denn tönt. ´Finger weg von dem Motorrad, denn du darfst es haben, sobald du konfirmiert bist´! Ich freute mich auf dieses Datum, aber auch aus diesem Versprechen ist nichts geworden.

Rückblickend wird diese fatale Geschichte noch deutlich schlimmer, denn auf der anderen Seite dieses Anwesens gab es einen freundlichen, bedächtigen Bauern der mir zig Male sagte: ´Ach Bub komm doch zu uns auf den Hof.´ Leider war da nichts zu machen. Ich bin mir heute noch sicher, dass dies ein wohlmeinender Mensch gewesen war und ich es dort bestimmt freundlicher gehabt hätte."

Kapitel 3:

„Vrenela", das Glückskind

Am 11. September 1948 wurde ein besonders glückliches Menschenkind geboren zuhinterst im Engstligental, in Adelboden.

Es war Samstagnachmittag, ungefähr 17.00 Uhr gewesen, als ich als „Vrenela" das Licht der Welt erblickte. Mein Vater war beim Emden, um seinen bergbäuerlichen Pflichten nachzukommen und bestimmt auch, um seiner Nervosität Herr zu werden.

Als er dann von meinem Erscheinen in Kenntnis gesetzt wurde, löste sich erstmals ein lauter, glücklicher Jauchzer aus seinem übervollen Herzen. Muetti und das anwesende Grossmuetti (Anna Elisabeth) bestaunten das neue Erdenbürgerlein. Allerdings bereitete ihnen das plattgedrückte und schräg im Gesichtchen stehende Näschen einige Sorgen und schwere Gedanken, wussten doch die beiden Frauen nicht sicher, ob es sich dabei um einen Geburtsfehler handelte, der vielleicht nie ganz verschwinden könnte. Muetti fing nun mit viel Liebe an, ihrem Kind täglich das Näschen zu massieren, in der leisen Hoffnung, dass dieses doch noch seinen vorgesehenen Platz einnehmen werde.

Unsäglicher Stolz und viel, viel Liebe begleiteten fortan mein weiteres Wachstum. Ich war das niedliche Püppchen, dem meine Mutter die schönsten selbstgestrickten Sachen überziehen konnte und das, in Ermangelung eines Kinderwagens, auf den Armen getragen werden musste. Diese Liebe und Pflege brachten nach und nach sogar das schiefe Näschen zum Strammstehen und liessen mich bestens wachsen und gedeihen.

Mein Vater musste als Bauarbeiter jeden Montagmorgen bei seinem Arbeitgeber erscheinen, worauf er und seine Kollegen mit dem Bautransporter ins Unterland gefahren wurden, um erst am Samstagnachmittag wieder zurückzukehren. Diese langen Abwesenheiten hatten zur Folge, dass ich, sobald mein Vater zu Hause erschien, wie am Messer zu schreien anfing. Ob mein Vater in dieser Zeit immer noch vor Freude gejauchzt hat, entzieht sich allerdings meiner Kenntnis.

Vier Tage vor meinem ersten Geburtstag wurde dann das zweite Kind geboren, wiederum ein Mädchen, und es wurde Elisabeth genannt. Nach Aussage meiner Eltern bin ich immer ein sehr lebhaftes und ungeheuer neugieriges Kind gewesen. Elisabeth war allerdings das pure Gegenteil. Sie war ruhig und besonnen. Sie war mutig, und ich sehr ängstlich. Diese Eigenschaften begleiteten uns durch das ganze Leben, aber wir entwickelten ein starkes Zusammengehörigkeitsgefühl und eine enge Verantwortung füreinander. Als ich zweieinhalb Jahre alt war, wurde Anton, der Stammhalter, geboren.

Freute sich mein Vater schon über die Geburt der beiden Mädchen, so war sein Glück über die Ankunft seines Sohnes Toni unfassbar. Jedes Mal, wenn er zum Essen ins Haus kam, führte ihn ein Umweg in die Stube zum Stubenwagen seines Söhnleins und er lächelte und fragte: "Ja, was macht denn der kleine 'Nisserli'?" Ich fragte mich immer, was das wohl heissen sollte. Erst Jahre später erfuhr ich, dass ein Nisser ein kleiner Wicht ist. Ob das damals meinem Vater auch bekannt war, wage ich zu bezweifeln.

Wir waren eine typische Bergbauernfamilie mit einem kleinen Heimwesen und drei bis vier Kühen, ein bis zwei Kälbern, einem Schwein, ein paar Hühnern und einem Hund.

Zuerst Bella und später Nero waren beides Berner Sennenhunde oder Dürrbächler, wie sie auch genannt werden. Die Grundfarbe dieser Rasse ist schwarz. Kopf und Beine haben noch unregelmässige braune und weisse Streifen. Die Köpfe sind ziemlich gross und schön gezeichnet und auch die Brust ist weiss, in einem weissen Dreieck endend. Sie besitzen halblange Haare, haben einen treuen Charakter und sind mehrheitlich lammfromm und brav. Bella war schon etwas älter und wurde von ihrem vormaligen Besitzer an uns abgegeben, weil er das Tier nicht mehr halten wollte oder konnte. Mit einem Hundegeschirr versehen wurde die Hündin öfter einem Schlitten vorgespannt und zog uns drei Kinder manchmal beim sonntäglichen Spaziergang durch die verschneiten Strassen. Bella -später auch Nero- liebten dieses Schlittenziehen sehr, denn sobald sie das Hundegeschirr, welches mit drei winzigen Glöckchen versehen war, sahen, zerriss es sie fast vor lauter Freude. Sie drehten sich ungestüm im Kreis, bellten übermütig und waren kaum zu bändigen. Eines Tages brachte Bella einen Wurf kleiner Hunde zur Welt, die wir bis auf einen, der schliesslich auch Bellas Nachfolge in unserer Familie antrat, allesamt verschenkten. Bella musste infolge Altersschwäche getötet werden, und ihr Sohn Nero wurde viele Jahre unser treuer Begleiter. Dieser Nero schlief im Stall auf trockenem Stroh, er durfte nicht ins Haus, aber seinem Verhalten uns allen gegenüber konnte man entnehmen, dass er uns auch so sehr liebte und in sein gutmütiges Hundeherz geschlossen hatte. Wenn mein Vater im Winter Nero das Hundegeschirr mit den drei kleinen Schellen umlegte, konnte er kaum stillhalten. Nun raste er mit einem oder zwei von uns Kindern los, um zum Einkaufen zu fahren oder aber, um den Milchkübel in der Käserei abzugeben. Es kam auch vor, dass der gutmütige Nero plötzlich frühlingshafte Gefühle verspürte, wenn er eine hitzige Hundedame witterte. Dann konnte er sich nicht mehr beherrschen und lief querfeldein mit uns davon. Dies hatte dann zur Folge, dass wir über die hartgefrorenen Schneeränder am Strassenrand geschleift wurden und uns so einige Kratzer holten. Für die Touristen boten wir jederzeit eine Attraktion und wurden öfter auch zum Fotosujet für das Album zu Hause, denn nicht alle waren den Anblick eines solchen Gespanns gewohnt. Diejenigen Städter, bei denen ein Hund als Kindersatz herhalten musste, glaubten oft, wir würden den armen Nero zur Arbeit zwingen und ihn somit quälen. Andere jedoch, mit etwas mehr Verständnis für ländliche Dinge, wussten, dass es viele Hunde gab, die kleine Wägelchen, oder eben auch einen Schlitten mit Milchkannen zur Käserei zogen und ihnen dabei nichts Unmögliches geschah.

Wir wuchsen heran und versuchten langsam überall mitzuhelfen. Freiwillig packten auch wir nicht zu, aber zu unserer Zeit wurde jedes Kind so bald wie möglich ins Tagesgeschehen einbezogen und musste, ob es wollte oder nicht, schon früh beim Arbeiten helfen. Maschinen hatten meistens nur reichere Leute, und die damaligen Wohnungen und Häuser waren sehr einfach eingerichtet, sauber, aber ziemlich dürftig ausgestaltet und ohne jeglichen Komfort. Überall fehlte es an Geld und die Möglichkeiten zur Verbesserung der finanziellen Lage waren recht beschränkt, wenn überhaupt welche vorhanden waren. So ist mir eine ältere Frau in bester Erinnerung geblieben, die am linken

Handgelenk ein Seil befestigt hielt, an dem ihre einzige Kuh angebunden war. Mit dieser Kuh spazierte diese Frau durch die Weide und dazu strickte sie alles Mögliche. Die Weide war nicht eingezäunt, und daher wurde die Kuh spazieren geführt.

Ich wollte nur noch stricken, doch musste Muetti meine diesbezüglichen Wünsche des Öfteren verweigern, besassen wir doch meistens keine überschüssige Wolle, und die vorhandenen Resteknäuel waren bereits zum Verlängern von Pullovern oder zum Sockenstopfen vorgesehen. Ich überlege mir heute oft, wie unsere Mütter und Grossmütter, die ein sehr karges Leben hatten, ihren harten Alltag meisterten. Wer kommt denn heute noch auf die Idee, dass man die Ärmel von Pullovern verlängern könnte? Bestimmt kein Mensch, denn heute wird einfach die nächst benötigte Grösse gekauft und zwar mit grosser Selbstverständlichkeit. Im Herbst mussten dann Handschuhe, Socken und Strümpfe gestrickt werden. Ja, diese elenden Strümpfe! Auch wenn wir noch nicht gerade hünenhafte Masse hatten, so wurde man trotzdem kaum fertig mit einem Strumpf, denn das dauerte und war schrecklich langweilig, keine Muster, rein gar nichts, nur Runde um Runde rechte Maschen stricken. Zudem wurden die Strümpfe in dunkelgrau und beige gehalten, damit wir nicht etwa auffallen konnten durch Hoffart. Gerade weil die Leute arm waren, passte man sich bis zum Geht-nicht- mehr   allem und jedem an. Es gingen einige Jahre ins Land, bis auch unser Vater merkte, dass Tradition auch in gemässigterer Form gelebt werden konnte, ohne dass man sich gleich der Lächerlichkeit preisgab. Wenn die Strümpfe endlich fertig waren, wurden sie an dem dafür vorgesehenen „Gstältli" befestigt. Dieses „Gstältli" war ein Tuch mit Arm- und Halslöchern, welches mit Knöpfen im Rücken zugeknöpft wurde. Seitwärts hingen an Knöpfen befestigte Elastikbänder herunter, und an diesen wurden dann die Strümpfe angehängt. Und nun stellte man mit grossem Bedauern fest, dass man sich vielleicht besser noch eine Weile gelangweilt hätte, denn die Strümpfe waren mit Garantie immer zu kurz. Die Winter waren damals mehrheitlich noch viel kälter, und die Kleider und Schuhe deutlich dürftiger und unpraktischer als etwa heute. Auch war es im Haus immer nur warm, wenn man den Küchenherd und den Stubenofen einheizte. Jeder Tropfen heisses Wasser musste gekocht werden. Die Schlafzimmer waren ungeheizt und an jedem kalten Morgen waren die Fenster innen vereist und die Bettdecke am oberen Rand steifgefroren vom ausströmenden warmen Atem. Wenn mir heute Leute von „Eisblumen" an den Fenstern schwärmen, kann ich diese Begeisterung nicht teilen, denn ich war über diese ungemütliche Kälte nie erfreut, denn es handelte sich bei uns nicht um „Blumen", nein, es war recht dickes Eis, welches tage- und wochenlang innen an den Fenstern hängen blieb. Ich erinnere mich, dass mein Vater, bevor er abends schlafen ging, die jeweiligen Temperaturen vom Thermometer, welches neben dem Hauseingang aufgehängt war, ablas und sagte: „ Es ist 22 Grad minus" und am nächsten Abend waren es noch ein paar Grad mehr minus. Einmal fror uns das Wasser im Haus und im Stall ein. Wir hatten eine eigene Quelle, trotzdem. Nun mussten wir morgens vor der Schule beim Bach, in einer Entfernung von ca. 50 Metern, mit Kübeln und Schlitten Wasser holen, denn die Tiere hatten Durst und der Haushalt musste ebenfalls mit Wasser versorgt werden. Zwei, drei Tage wurde das Wasser so geholt, dann taute es ein wenig und das Wasser floss wieder aus den Röhren. Die schwarzen und weissen Raben spielten in meinem Leben auch eine sehr wichtige Rolle. Wie schon erwähnt, war ich sehr wissbegierig und immer wieder auf der Suche nach Neuem und vor allem nach Abwechslung, halt so wie die meisten anderen Kinder auch. Zu meiner Zeit gab es ja noch keinen Kindergarten, und der Schulbesuch wurde erst im siebenten Altersjahr möglich. Ich war voller Fantasien und Träume und versuchte mir immer für Alles und Jedes eine eigene Fassung und die dazu passende Welt zu schaffen. Also sehnte ich mich fest nach dem ersten Schultag, denn mit diesem sollte sich mir eine neue, interessante Wunderwelt öffnen. Fast täglich bedrängte ich meine Eltern mit: "Wann darf ich denn nun in die Schule gehen?" Mit der Zeit verlor mein Vater die Geduld, und er sagte: "Sobald die schwarzen Raben weiss sind." Ich stand jetzt öfter am Fenster und suchte einen weissen Raben. Eines Tages flog eine Elster auf den Scheunenvorplatz, und mein Herz machte vor Freude einen tollen Hopser. Ich rief meinen Vater. "Siehst du, schon bald wird es soweit sein!", sagte er. Also wartete ich wieder etwas geduldiger auf den grossen Tag.

Da wir selber nicht sehr viel eigenes Land besassen, pachteten wir überall etwas dazu. In einem Jahr hier und in einem anderen dort. Zum Geldverdienen machten wir manchmal auch irgendwo das Heu. Als ich gut fünf Jahre alt war, hatten wir ein steiles, mühsam zugängliches „Heimet",(ein kleines Gehöft) an der Lenk gemietet. Damit wir uns dort einquartieren konnten, packten meine Eltern das Notwendigste in zwei riesige Rucksäcke. Der grosse Veloanhänger wurde mit uns Kindern, den zwei Rucksäcken, einer Sense, zwei hölzernen Rechen und zwei Heugabeln beladen. Die Eltern schoben das ganze Gepäck nach dem Geilsbrüggli, um über den Hahnenmoospass in Richtung Lenk zu marschieren. Es ging immer bergauf über eine sehr staubige, gekieste Strasse. Ab dem Geilsbrüggli gab es nur einen erdigen Weg, der vom Regenwasser lange und zum Teil recht tiefe Rinnen und Gräben hatte. Rucksäcke und Werkzeuge wurden nun geschultert, und der knapp zweijährige kleine Bruder Toni lief zwischen den Eltern an ihren Händen tapfer übers Hahnenmoos. Wir Mädchen waren ja schon grösser und hätten eigentlich den Sinn dieser Wanderung verstehen sollen. Ich sagte es schon, Elisabeth war viel ruhiger und gemütlicher als ich, aber sie beklagte sich nun bitterlich und lautstark. Sie hatte Durst und Hunger, war müde und wollte getragen werden. Die Eltern versuchten alles Mögliche, um ihr das Marschieren schmackhaft zu machen und alle anderen auch einigermassen bei Laune zu halten. Endlich, nach gut 10 Km, kamen wir in der Metschwaldweide (Lenk) an, wo wir die nächsten Wochen verbringen sollten. In meiner Erinnerung ist nur noch die dortige Ankunft im Gedächtnis haften geblieben. Diese Ankunft hatte durch den Sturz des kleinen Bruders in die Brennesseln einen recht spektakulären Beginn. Das Gelände war steil, uneben und mit grösseren Kieseln und Steinen übersät. Natürlich musste der kleine Junge bereits bei der Ankunft, wo keiner richtig Zeit hatte, ihn zu beaufsichtigen, die Umgebung erkunden und so war sein Fall abzusehen. Ja, der kleine Bruder lief in Anbetracht seines zarten Alters noch etwas wacklig durch die Gegend und sein Straucheln und anschliessendes Fallen war nur normal. Es hätten nur nicht gerade die Brennnesseln sein müssen. Verständlicherweise schrie er lauthals, und sein kleiner Körper war übersät mit tausenden roten, beissenden Bläschen. Tun konnte man da nicht allzu viel. Er wurde mit kaltem Essigwasser abgewaschen. Durch das viele Marschieren, den erlebten Schrecken und das darauf folgende Schreien ermüdet, schlief er schlussendlich ein. Und wie so oft im Leben sieht alles etwas besser aus, wenn man wieder tüchtig ausgeschlafen ist. Elektrizität und fliessendes Wasser konnte man hier natürlich nicht erwarten, und selbstverständlich hatte das Kochen auf einem einfachen Holzkochherd stattzufinden. Für unser Muetti ein noch mühsameres Leben als in unserem einfachen Heim in Adelboden. Ein Jahr später hatten wir ein ähnliches Objekt auf der Adelbodner Seite gepachtet. Der Wohnort hatte sich verändert, aber die Umstände waren die gleichen geblieben. Egal, ob nun Lenk oder Adelboden. Diesbezügliche Erinnerungen rufen mir immer Muetti in einer rauchgeschwärzten Küche vor Augen. Wenn es im Holzkochherd Feuer machen musste, hätte man oft glauben können, dass das Anwesen bald einmal niederbrennen werde. Je nach Wetter rauchte der Herd, die Küche war voll von undurchsichtigem, grauem Qualm und Muetti musste des Öfteren tränenden Auges ins Freie stürzen, um wieder einigermassen Luft zu bekommen. Mein Vater mähte damals natürlich noch alles Gras mit der Sense, und oft hörte ich ihn seufzend zu Muetti sagen: "Furchtbar, diese Steine, und dann erst die schrecklichen Kröten!" Ich habe erst einige Jahre später erfahren, dass es für meinen Vater nichts Grausigeres gab als Kröten und Eidechsen.

Einmal hiess es: "Vreneli, du musst Brot holen gehen!" Mein Vater beschrieb mir den Weg sehr genau und detailliert, und ich gelobte, alles exakt zu erledigen und zu befolgen.

Ich war diesen weiten Weg durch unwegsames, waldiges Gelände nur einmal gegangen und zwar in Begleitung der Eltern. Also nahm ich mein Rucksäckchen und machte mich frohgemut auf den Weg. Ich fand mich ganz gut zurecht und kam wohlbehalten beim Bäckerladen an. Auf dem Rückweg machte ich noch Halt bei meinen Großeltern väterlicherseits, sie wohnten im Russi, also ganz hinten im Boden. Es war damals so üblich, dass man Eltern und Großeltern ehrte, das heisst siezte. Mein Vater hielt dies sogar mit seinen eigenen Eltern so, und wir mit den Großeltern selbstverständlich auch, nicht aber mit unseren Eltern. Wir hatten sehr grossen Respekt vor den Großeltern, denn schliesslich waren sie für unsere Begriffe mit ihren weissen Haaren schon uralt. Trotz Respekt und Uralter waren es Großeltern wie andere auch. Der Grossvater war ein bedächtiger, weiser Mann und immer sehr interessiert am politischen Geschehen in Nah und Fern. Grossmuetti, als ehemalige Handarbeitslehrerin, nahm immer mit viel Interesse an unserem schulischen Erfolg Anteil, und immer hielt es für uns einen guten Zvieri oder ein

Guetzli bereit. Auch dieses Mal wurden mir ein Glas Mineralwasser und ein paar Bretzeli vorgesetzt. Der Himmel verdunkelte sich und Grossmuetti sagte mir, ich müsse mich nun sehr beeilen, denn es könnte Regen kommen. Dies tat ich dann auch, aber als ich im Wald stand, und der Weg sich gabelte, hatte ich die Orientierung total verloren. Es gab so viele Tannen und die sahen alle ganz gleich aus, und sämtliche Blumen und Gräser glichen sich wie noch nie zuvor. Ich stand einfach staunend da und wusste weder ein noch aus. Soviel Verstand besass ich schon, dass ich wieder zurück ging zum Grossmuetti. Dieses erbarmte sich meiner und bewehrt mit einem Regenschirm machten wir uns wieder auf den Weg. Mit Grossmuetti an meiner Seite schien alles so einfach und problemlos. Es begleitete mich durch den Wald und von dort konnte man ganz weit oben unsere Hütte sehen. Mit guten Wünschen und aufmunternden Worten in den Ohren fand ich nun den richtigen Weg. Allerdings schimpfte mein Vater nachher mit mir, dass ich zu wenig aufgepasst hätte und das Grossmuetti hätte ich gar nicht bemühen dürfen, denn es war damals schon sehr stark herzkrank. Jahre später meinte mein Vater, sie hätten mir damals viel zu viel abverlangt, aber die Zeiten seien halt so gewesen, und sie hätten es nicht anders gekannt und auch nicht besser gewusst. Ich fand nie einen Anlass, mich zu beklagen, kannte ich doch nichts anderes und befand das Erlebte als völlig normal, denn schliesslich wurden wir Kinder nicht nur zur Arbeit angehalten, nein wir fühlten uns geborgen und geliebt. Diese Weidehaussommer hatten für mich etwas Beruhigendes. Heute noch fühle ich kindliche Geborgenheit, leise Sehnsucht und Wehmut in mir, wenn ich den Duft von frisch gemähtem Gras rieche oder in eine verrauchte Hütte eintrete.

Für meine Eltern waren diese Zeiten sehr hart, denn die Arbeit war streng und die Arbeitstage lang. Dazu kam der ständige Existenzkampf, das Geld reichte trotz sparsamstem Einteilen mehr schlecht als recht, und ich vermute, dass sie an diesem kargen Leben recht wenig Romantik fanden.

Endlich war er da, der Tag X. An einem Montagmorgen nach Ostern konnte ich den Weg zur Schule unter die Füsse nehmen. Mein Schulsack aus gelbraunem Plastik mit dunkelblauem Innenfutter beinhaltete einen Zählrahmen mit blauen und roten Holzkügelchen, den ich zu Weihnachten von meinem Paten erhalten hatte. Ich war das einzige Mädchen neben ungefähr acht Knaben, die mit mehr oder weniger Spannung dem Schulleben entgegensahen. Was wir am ersten Tag hörten und machten, weiss ich nicht mehr genau. Ich weiss nur noch, dass Erst- und Zweitklässler im selben Schulzimmer untergebracht waren. Das Schulhaus war alt und aus Holz, und jedes Klassenzimmer wurde im Winter mit einem grossen, fast turmhohen und rundlichen, behäbigen Holzofen geheizt. Neben dem Schulhaus war ein Holzschopf, in welchem das Brennholz untergebracht war. Als ich mittags aus der Schule nach Hause kam, standen meine Eltern gemeinsam fröhlich lachend unter der Haustüre und fragten einstimmig: "Wie ist es dir ergangen?" Ich konnte jetzt alles haargenau erzählen. Muetti hatte extra Apfelküchlein gebacken, denn die mit Zimtzucker bestreuten, goldbraunen Küchlein zählten eindeutig zu meinen Leibspeisen. Ich ging sehr gerne zur Schule. Der Setzkasten aus Karton mit den grossen und kleinen Buchstaben gefiel mir ganz besonders. Allerdings sollte ich jetzt nun auch lesen lernen und nicht nur fast ziellos Buchstaben in die Kartonrinnen setzen. Aber mit dem Lesen haperte es, denn buchstabieren oder lesen ist doch ein deutlicher Unterschied. Mein Vater übernahm es nun, mit mir die Leseaufgaben zu erledigen. Wieder einmal seufzte er gequält in Muettis Richtung und meinte dazu: "Ich glaube, das Mädchen wird nie lesen lernen." Zu mir gewandt sagte er, wohl zum hundertsten Mal: "Stell dir die Buchstaben als eine Eisenbahn vor. Damit sie aber fahren kann, muss man die einzelnen Wagen zusammenhängen." Ich gab mir viel Mühe, und meine Worte endeten, wie schon oft: "Em-o-en-de." Mein Vater raufte sich die Haare und korrigierte: "M o n d!" Wir kämpften mit viel Fleiss und Verbissenheit mit den Buchstaben und Sätzen, bis es eines Tages bei mir ordentlich klickte und ich endlich lesen konnte.

Am Sonntag gingen wir Kinder regelmässig in die Sonntagsschule. Ich denke weniger, weil wir sehr religiös waren, sondern weil fast alle anderen Kinder ebenfalls dorthin gingen. Und schliesslich richtete sich das Verhalten einfacher Leute viel zu oft nach dem, was andere Leute sagten oder taten. Diese knapp zwei Stunden boten meinen Eltern auch etwas gemeinsame Erholung für ruhige Gespräche oder zum Zeitunglesen. Für mich war alles sehr aufregend und neu. Die Sonntagsschullehrerin hatte schneeweisse Haare und rote Apfelbäckchen und konnte herrliche Geschichten erzählen. Ihr Helfer Albert, ein einfacher, frommer Bergbauer, unterstützte sie tatkräftig, und wenn er am Schluss mit dem Sparbüchschen, worauf ein kleines weissgewandetes Negerbübchen stand, durch die Reihen ging, um all die Zehn- und Zwanzigrappenstücke einzukassieren, erhöhte dies unseren Respekt noch um ein Vielfaches. Das Negerbübchen nickte auch gar artig bei jedem Münzeinwurf mit seinem Krausköpfchen. Die Tochter der Lehrerin begleitete unsere Gesänge und Lieder auf dem Harmonium. Dass sie dazu die breiten Pedale treten musste, vergrösserte den musikalischen Genuss, denn das Harmonium seufzte und atmete asthmatisch dabei. Imponierend sah das Instrument aus mit den verschiedenen weissen und schwarzen Knöpfen, die zum Teil mit rotem oder grünem Filz unterlegt und je nachdem zusätzlich mit goldenen Buchstaben versehen waren. Für mich war die Sonntagsschule fast noch schöner als die eigentliche Schule, denn Geschichten hörte ich halt für mein Leben gern. Das Sonntagsschul-Weihnachtsfest war angesagt und zwar für einen Sonntagabend vor Weihnachten. In Begleitung der Eltern marschierten wir Kinder frisch gewaschen und sonntäglich angezogen in Richtung Kapelle. Diese Kapelle gehörte nicht zur Landeskirche. Es waren aber keine Sektierer, die dort ihre Gottesdienste abhielten, sondern eine abgespaltete Gruppe Gläubiger, bei denen wir gelandet waren. Also dort wartete an diesem festlichen Anlass ein grosser, geschmückter Tannenbaum mit vielen Kerzen, die bei Beginn vom Sonntagsschulhelfer Albert mit einem langen Stecken und einer daran befestigten brennenden Kerze angezündet wurden. Es verbreitete sich ein herrlicher Tannenduft und mit dem Lichterschein auch eine wohlige, feierliche und erwartungsvolle Stimmung. Ein grösseres Mädchen, in königsblaues Tuch gehüllt, spielte die Maria und ein älterer Knabe, mit einer schwarzen Pelerine bekleidet, den dazugehörenden Josef. Wir andern hatten alle ein passendes Versli gelernt und trugen dieses nun zitternd vor. Manchmal, wenn eines vor lauter Aufregung nicht mehr weiterwusste und mit hochrotem Kopf und schwitzend dastand, half Elise, die Sonntagsschullehrerin mit halblautem Flüstern weiter, und der Stockende brachte mit Erleichterung seinen Text zu Ende. Dessen Eltern sanken dabei meistens noch ein bisschen tiefer in die Holzbänke und blickten scheu nach links und rechts, ob man ihnen die erlebte Schmach wohl ansehen würde. Die alten bekannten Weihnachtslieder wurden gesungen und dazwischen wurde ein Geigensolo von Xander, Elises Sohn vorgetragen. Dass man Xander heissen durfte, war für mich ebenfalls etwas Herrliches, denn so hiess weit und breit sonst keiner.

Es gehörten auch einige Flötenstücke der grösseren Kinder zu der Feier. Am Schluss wurden an alle Sonntagsschüler Päckchen verteilt, die einem grossen geflochtenen Wäschekorb entnommen wurden. Kleine rundgezackte Lebkuchen mit einem Bären aus weissem Zuckerguss darauf und Tassen mit Enziandekor und der goldenen Aufschrift „Weihnachten 19.." waren darin enthalten. Dann marschierten wir wieder alle nach Hause. Diese nächtliche Heimkehr war für uns sehr aussergewöhnlich und speziell, denn normalerweise lagen wir um diese Zeit doch schon lange träumend und tief schlafend in unseren Betten. Aber es war nicht nur die späte Heimkehr, sondern das Marschieren in der nächtlichen winterlichen Kälte. Über uns ein schwarzblauer Himmel mit tausenden von Sternen und unter unseren

Schuhen der knirschende Schnee. In unserem Rücken die vielen Lichter des Dorfes Adelboden, welches sich, wie es schien, vor allem nachts noch enger an den Hang schmiegte. Links und rechts der Strasse die einfachen, wenig beleuchteten Bauernhäuser und in unseren Herzen ein grosses und tiefes Glücksgefühl über das gerade Erlebte. Wir wanderten gemeinsam nach unserem diesjährigen Sonntagsschul-Weihnachtsfest heimwärts. Muetti trug ein rostbraunes Strickkleid und war ziemlich rundlich. Dass diese Masse auf eine neue Schwangerschaft zurückzuführen war, wussten wir damals noch nicht, und wir machten uns über die Rundlichkeit auch keine grösseren Gedanken, es war einfach unser Muetti, basta. Erst im neuen Jahr wurden wir von den Eltern darauf vorbereitet, dass in ein paar Wochen ein neues Brüderchen oder Schwesterchen zu erwarten sei. Ich für meinen Teil hätte sehr, sehr gerne ein Schwesterchen gehabt, denn mit Puppen spielen war nicht das Richtige für mich, die waren so steif und starr und fielen manchmal dem Vandalismus meines Bruders zum Opfer. Toni und Elisabeth wünschten sich einen Bruder, denn da hätten sie für ihre Spiele und Scherze einen mutigen Draufgänger dazu bekommen. Ich teilte das Zimmer und das Bett damals noch mit Elisabeth, und wir rätselten oft, was „ES" wohl werden würde. An einem frühen Morgen, es war der 19. März 1956, schien es mir, als hörte ich plötzlich ein leises Wimmern oder Quäken. Ich hielt den Atem an, um noch besser hören zu können, nichts! Es schien sogar viel stiller zu sein als sonst. Nun wollten wir das Zimmer verlassen, aber die Türe war abgeschlossen und es hiess warten, denn wir spürten, dass sich da etwas nicht Alltägliches ereignete. Nach einiger Zeit kam dann unser Vater und sagte: "Es ist da, das Bébé, es ist ein gesundes Mädchen." Elisabeth war etwas traurig, aber ich war äusserst glücklich. Ich erhielt nun vom Vater den Auftrag, im Krämerladen, beim Beck Lauber, einen Liter roten Traubensaft und ein Paar Landjäger kaufen zu gehen, denn diese Dinge hatte Muetti überaus gerne. Aus Kostengründen konnten wir uns das nämlich nur in Ausnahmefällen leisten, an einem Tag, wie zum Beispiel heute, oder im Krankheitsfall, wobei wir dann immer die grosse Hoffnung hegten, dass es Muetti bald wieder besser gehen würde, wenn es solcherart gestärkt wurde. Ich war nun so überaus glücklich, dass ich dieses tolle Gefühl unbedingt allen Leuten mitteilen musste. Jedem Menschen, dem ich begegnete, stellte ich die Frage: "Wissen Sie schon, dass ich ein Schwester-chen bekommen habe?" Ich rannte jeweils, bis ich den vor mir gehenden Menschen eingeholt hatte, der sich auch auf dem langen Weg zum Krämerladen befand, um ihm erneut die wichtigste Frage meines knapp achtjährigen Daseins zu stellen. Es waren zu meiner grossen Enttäuschung fast nur Männer unterwegs, und die waren nicht sehr gesprächig. Endlich kam ich beim Bäcker an und traf dort eine aufrichtig und ehrlich interessierte Frau, nämlich die Krämerin selbst. Diese packte mir ein paar hellblaue Strampelhöschen für das kleine Mädchen ein, und liess Grüsse und gute Wünsche an Muettis Adresse ausrichten. Auch auf dem Heimweg teilte ich meine frohe Kunde allen mit, die mir begegneten. In der Schule dann schwärmte ich allen Mitschülern vor, dass wir das schönste Schwesterchen bekommen hätten. Diese Neuigkeiten mussten natürlich kontrolliert werden, und so tauchte ich ab und zu mit einer Schar Mitschüler zu Hause auf, die alle das kleine Mädchen anschauen wollten. Selbstverständlich wurde mir nun beigepflichtet, dass es wirklich ein herziges und allerliebstes Bébé sei. Ja, wie sollte dieses Wunderkind denn eigentlich heissen? Nur immer vom Bébé sprechen konnte man auf Dauer ja nicht. Meine Eltern meinten, dass man es Franziska oder Annarosa taufen sollte. Grossmuetti fragte mich: "Wie soll es denn heissen, euer Schwesterchen?" Als ich die zur Verfügung stehenden Namen erwähnte, meinte es nur: "Annarosa, ja, das ist gut und schön, aber Franziska," entsetzte es sich, „nein, da sagen sowieso nur alle immer "Fränzä". Ich berichtete den Inhalt dieses Gespräches meinen Eltern, und so wurde die kleine Schwester auf den Namen "Annarosa" getauft.

Elisabeths Schulanfang. Jetzt hatte auch Elisabeth ihren ersten Schultag. Beim Eintreten ins Klassenzimmer strahlte sie wie die aufgehende Sonne, übersah die ihr entgegentretende Lehrerin, ebenso alle anwesenden Schüler und rief nur laut und deutlich: "Salü, Vreni!"

Die Lehrerin war dann so lieb und platzierte den Neuankömmling an meine Seite. Wie gesagt, Elisabeth war um Vieles mutiger bei allerlei Streichen und im Alltagsleben, aber daneben auch viel ruhiger, sehr lieb und gemütlich, halt eben beschaulicher als ich. Diese Gemütlichkeit sollte mich noch allerhand Schweisstropfen kosten, denn oft erreichten wir die Schule nur noch im Sturmschritt und mit heraushängender Zunge. Wir hatten zu Hause unsere kleinen Aufgaben. Wir mussten vor Schulbeginn das Frühstücksgeschirr abwaschen und abtrocknen und den Holzboden der Küche mit der Stielbürste sauber kehren. Auch musste unser Bett gemacht sein, und die langen Haare sollten irgendwie in zwei ordentlichen Zöpfen enden. Ich hatte immer schreckliche Angst, zu spät zur Schule zu kommen. Nur für Elisabeth schien keine Uhr zu existieren. Ich drängte auf Eile und half ihr zu guter Letzt ihre Arbeit zu beenden, dies wiederum war Muetti nicht recht, denn es meinte, dass Elisabeth selber klarkommen sollte, ansonsten würde sie es nie lernen. „Mach dich doch alleine auf den Weg," hiess es dann, aber ich weinte mehr als einmal, denn ich schämte mich, ohne meine Schwester zur Schule zu gehen. Auch in der Schule kam diese Gemütlichkeit zum Tragen, denn Elisabeth träumte manchmal ein bisschen vor sich hin und vertrödelte so die zur Verfügung stehende Zeit für die gestellten Aufgaben. Ich versuchte immer wieder den Ausgleich mit guten Worten, mit Drängen und meinem Wissen herzustellen. Dieses Ausgleichen gefiel nun plötzlich der Lehrerin nicht mehr, und sie setzte Elisabeth beim Rechnen an einen anderen Platz. Gerade mussten die Erstklässler Rechnungen über "das Dutzend" machen. Die Resultate Elisabeths entsprachen absolut den Anforderungen, aber die bewältigte Menge erregte das Missfallen der Lehrerin, und so marschierten wir mittags scharf getadelt und ziemlich geknickt nach Hause. Grossmuetti hielt sich bei uns auf und fragte: "Nun, wie ist es euch heute in der Schule ergangen?" Elisabeth seufzte und drückte sich um die Antwort, und ich gestand etwas verschämt, dass wir gerügt worden seien, weil wir nur gerade "drei Dutzend Rechnungen" geschafft hätten. Grossmuetti interpretierte die gegebene Antwort offenbar falsch und meinte: "Ich weiss gar nicht, was ihr habt, das ist doch wirklich gut und schön!" Wir misstrauten zwar diesen Äusserungen, aber nur zu gerne glaubten wir an deren gutgemeinten Sinn, ohne uns noch länger mit vertiefenden Erklärungen aufzuhalten.

Das lebende Püppchen. Mein liebstes Spielzeug war das kleine Schwesterchen, das Annerösi. Es war mir niemals zuwider, wenn ich ihm sein Fläschchen, oder später dann seinen Brei geben durfte. Fast noch lieber als es füttern, ging ich mit dem schönen Kind spazieren. Ein alter, schwerer und plumper Kinderwagen wurde hervorgeholt, das Annerösi darin gebettet, und dann marschierte ich sanft die staubige Strasse hin und zurück, hin und zurück... Ab und zu hatte ich sogar das grosse Glück, dass vorbeispazierende Touristen oder Einheimische sich bewundernd über den Kinderwagen beugten und sich dann in ein kleines Gespräch mit mir einliessen. Ich war ein geselliger, dankbarer Gesprächspartner, dem jede Anerkennung und Abwechslung willkommen war, und so getraute sich denn auch kein Mensch ohne Blick in den Kinderwagen und ohne Komplimente über das schöne Kind an mir vorbeizugehen.

Wenn wir das Vieh weiden liessen, sperrten wir die Durchgangsstrasse mit einem Gatter, einem hölzernen Tor, ab. Mein Vater erzog uns dazu, dass wir beim Anblick eines herannahenden Autos lossausen mussten, um den Autofahrern das Gatter zu öffnen, damit sie ungehindert durchfahren konnten. Manchmal erhielten wir ein 10- oder 20-Rappenstück und ganz selten einmal sogar einen ganzen Franken. Für diese verschieden grossen Spenden besassen wir eine Kasse. Die Weihnachtsbatzen, wie Fünf- oder Zweifrankenstücke, gehörten in die Sparbüchse der Bank, aber die Rappen kamen in die separate Kasse, welche wir von den Großeltern erhalten hatten. Meine war ein dunkelbraunes Holzchalet, welches sogar Fenster aus Alufolie hatte mit Blumenkistchen davor. Es gab aber auch Leute, die bedankten sich nur bei uns, und diese hatten wir etwas weniger gerne. Einmal hörte ich, dass die Frau des Fahrers sagte: "Hast du kein Bonbon mehr? Geben wir dem Kind doch noch ein Bonbon!" Dieses Wort war mir fremd, und ich wusste nicht, was es bedeutet, aber es musste, dem Klang nach zu urteilen, etwas sehr Aufregendes und Wundervolles sein, denn beim Aussprechen schien es ein Wort zu sein, welches der Mitfahrerin völlig auf der Zunge zerging. Derweil die beiden Autoinsassen das passende Tütchen suchten, braute meine Phantasie in kürzester Zeit viele schöne und bunte Sachen zusammen. Meine Enttäuschung war unendlich, als sich dieses wunderbar klingende "Bonbon" als ganz gewöhnliches "Täfeli" entpuppte. Manchmal fuhr auch eine schwarze Kutsche mit Verdeck und grossen hölzernen, eisenbeschlagenen Speichen-rädern, von zwei Pferden gezogen, über diese kleine Strasse und hinterliess nebst einer riesigen Staubwolke ein staunendes Vreneli, welches sich nichts sehnlicher wünschte, als einmal in einer so herrlichen Kutsche mitzufahren. Eine solche Fahrt erschien mir doch das absolut Nobelste und Begehrenswerteste auf dieser Welt. Denn schliesslich sassen die Fahrgäste entspannt in die Polster zurückgelehnt und waren je nach Wetter mit einer leichteren oder schwereren Decke fürsorglich bedeckt. So durch die Lande zu reisen, musste etwas aussergewöhnlich Schönes sein. Sobald nur ein paar Regentropfen fielen, wurde sofort das schwarze Verdeck hochgespannt und bei stärkerem Sonnenschein war manchmal ein geöffneter Sonnenschirm zu sehen, alles sehr edel und stilvoll.

Muetti wusch lange die ganze Wäsche von Hand. Die schmutzigeren Sachen wurden eine Zeitlang eingeweicht und nachher auf dem Waschbrett mit der Reissbürste ausgiebig geschrubbt und anschliessend im kleinen Waschhafen auf dem Kochherd gekocht. Aber wir modernisierten uns langsam und es kam eine halbautomatische Waschmaschine ins Haus. Dieser Maschine gebührte ein schöner Teil meiner kindlichen Ehrfurcht. Sie war aus Email, aussen weiss und innen blau, weiss-schwarz gesprenkelt, hatte Schalter und Lämpchen und machte einen gemütlichen, behäbigen Eindruck. Meine Ehrfurcht galt nicht nur der weissen Behäbigkeit, sondern weit mehr dem Ursprungsort dieser Neuanschaffung. Der Lieferant Fritz, der diesen technischen Fortschritt lieferte, klärte uns wortgewandt über dessen Herkunftsort auf. Indem er ganz locker und salopp erwähnte, dass die Maschine in Utrecht, Holland, gebaut wurde. Mit diesen Worten eröffnete sich vor meinem geistigen Auge wieder einmal eine märchenhafte, spannende Welt. Ich kam zwar später auch nie bis nach Utrecht, denn die Wünsche und Ziele änderten sich im Laufe der Jahre, wie anderes im Leben auch, aber die Zusammenhänge waren so eindrücklich, dass sie mir in steter Erinnerung blieben. Für viele jungen Leute von heute ist daran überhaupt nichts Aufregendes zu finden, und ich bin fast sicher, dass es einige geben wird, die fragen: „Ist das alles?"

Haushalt und Kinderpflege lagen unserem Muetti ganz besonders am Herzen, obschon es täglich dem Vater im Stall helfen musste. Mein Vater hätte sonst gar nicht auswärts zur Arbeit gehen können. Zudem hiess es Heuen, Holzspalten und die Scheite nachher aufschichten, dann den Garten besorgen, viele Flick- und Handarbeiten verrichten und eben Haushalt und Kinderpflege. Unser Muetti setzte sich überall ein, wo Arbeit anfiel, ob es nun im Haus, Stall oder draussen war. Es erledigte die vielen Arbeiten mit Geschick, Fleiss und äusserster Genauigkeit und ohne Schimpfen und Murren. Muetti schien nie müde zu sein, denn auch wenn wir den ganzen Tag zu heuen hatten, so musste am Samstag noch die ganze Wohnung geputzt sein. Der Stubenboden wurde mit Stahlspänen geschrubbt, gewachst und mit dem Blocher geglänzt.

Marmelade wurde normalerweise in Kesseln zu fünf oder zehn Kilo gekauft, denn wir hatten ja kaum Obst fürs ganze Jahr. Auch Tomatenpurée oder andere Kleinigkeiten, die wir nicht im Garten ziehen konnten, mussten ab und zu gekauft werden. Für die leeren Dosen hatten wir keine Verwendung, also hiess es meistens auch am Samstagabend: „Gehst du noch schnell zum Bachmann." Dieser „Bachmann" war die Engstligen, der Bach, der uns auch manche Überschwemmung bescherte nach heftigen und grossen Gewittern. Also nun revanchierten wir uns mit ein paar leeren Dosen, die wir ihm zur Weiterbeförderung übergaben. Kehrichtabfuhr gab es ja noch keine, und man machte sich wegen allfälligen Verschmutzungen auch keine Gedanken. Jeden Samstagabend war ebenfalls grosser Kinderbadetag. Muetti kochte auf dem Holzkochherd viele Liter heisses Wasser und schüttete dieses in einen grösseren galvanisierten Waschzuber. Schön der Reihe nach sassen wir dann einzeln in diesem Bottich und wurden tüchtig abgeschrubbt. Die Haare wurden in diesem Augenblick ausgespart und kamen etwa an einem Regentag an die Reihe. Da es Brauch und Sitten so wollten, mussten wir Mädchen natürlich lange, zu Zöpfen geflochtene Haare tragen und zwar bis nach der Konfirmation, da beharrte mein Vater besonders drauf. Wenn so ein Haarwaschtag anstand, kochte Muetti wiederum eine Menge heisses Wasser und dieses

wurde uns dann, noch lauwarm topfweise über den Kopf ge-
kippt, wieder und immer wieder. Zuletzt hiess es mit handtuch-
trockenen Haaren einen ganzen Nachmittag vor dem heissen
Ofen zu sitzen und zu warten, bis die Haare gänzlich getrocknet
waren. Rückblickend kann man beim Lesen dieser Geschichten
nur den Kopf schütteln, denn wie machten sich die Leute oft das
Leben schwer und mühsam nur „weil es so der Brauch war"
oder „wegen den Bemerkungen der Leute, der Verwandten, der
Nachbarn und anderen mehr". Am Sonntagvormittag bereitete
Muetti das Mittagessen vor und backte fast immer noch schnell
einen Kuchen, ein "Biscuit" würde man in der Fachsprache sagen. Mein Vater machte in dieser Zeit seinen allsonntäglichen
Besuch bei den Großeltern. Wir gingen meistens mit ihm, denn
die Sonntagsschule war früh aus. Aber die Besuche beim Grossvater langweilten uns immer innerhalb kürzester Zeit zu Tode,
trugen doch die tiefsinnigen Gespräche der Erwachsenen absolut
nichts zu unserer Unterhaltung bei. Mitreden durften wir nicht,
denn solches Tun wäre gegenüber den Eltern und Großeltern
sehr respektlos gewesen. Laut spielen oder sich unnötig bewegen durfte man auch nicht, denn dies gehörte nicht zum gesitte-
ten Betragen. Grossätti merkte bald einmal, dass wir gähnend
auf den Stühlen herumrutschten und dabei halblaut gelangweilt
schnauften und seufzten. Er holte dann die hölzernen Kühe vom

Wohnzimmerschrank, auch wenn mein Vater meinte, dass dies gewiss nicht notwendig sei, und nun konnten wir damit spielen. Ich fand dieses Spiel zwar nicht sonderlich interessant, denn man schob sitzend diese hölzernen Kühe auf dem Wachstuch von links nach rechts, das heisst, knapp so weit wie die Arme reichten. Manchmal wurden sie nur langsam geschoben, und manchmal liessen wir sie ganz sanft hüpfen, streng darauf bedacht, nur ja keinen Lärm zu machen. Obwohl es ein äusserst langweiliges Spiel war, war es allemal kurzweiliger als stillzusitzen und den Erwachsenen zuzuhören. So ging Woche um Woche vorüber, und es nahte mein Geburtstag. Da wir ziemlich wenig Geld hatten, schenkte Muetti dem jeweiligen Jubelkind zu seinem Festtag eine Tafel Schokolade. Wir durften dann im Krämerladen unsere Schokolade selber aussuchen. War das ein aufregendes Erlebnis, wenn wir zur Schokoladenecke schritten und auf die davorstehende hölzerne Sitzbank kletterten, derweil der Krämer Gilgian die grünlichen Fenster der Auslage aufschob. Wir wählten überlegt und vorsichtig. Denn jede Schokoladentafel wurde zu Hause genau geteilt, damit alle ein gleichgrosses Stück davon bekamen. Wenn wir nun eine Tafel mit sechs senk-rechten Reihen erwischten, war alles klar. Aber bei fünf Riegeln fing das Rechnen und Teilen an, und man fühlte sich richtig betrogen, denn es gab pro Person keinen ganzen Riegel mehr, sondern nur angebrochene Stücke davon, dann tat das Teilen sogar sehr weh.

"Morgen machen wir einen schönen Maibummel, wenn das Wetter so trocken bleibt wie heute", verkündete eines Tages unsere Lehrerin Marie „Mitnehmen müsst ihr nichts, denn kurz nach dem Mittag sind wir wieder zu Hause", merkte sie noch an. Am nächsten Tag, in morgendlicher Frische, marschierten wir zügig los. Beim Pochtenfall (liegt auf dem Weg zur Kollernschlucht) machten wir ausgiebig Rast. Die Lehrerin schnitt Brotscheiben von einem grossen Dreipfünder und vom "Pochten-Süsi" (ein älteres, dürres Frauchen, welches im dunkelbraunen Holzhaus neben diesen Pochtenfällen wohnte), bekamen wir "Nidletäfeli" (Rahmkaramellen). Diese Kombination, Brot und Karamellen, schmeckte sehr gut, machte aber recht durstig, doch Wassertrinken am Brunnen war uns allen streng verboten. Gründe wurden keine richtigen genannt, aber ich vermute, dass es mit der traditionellen Haltung zu tun hatte, denn die Leute glaubten oft, dass man, wenn man kaltes Brunnenwasser trinkt, Halsschmerzen bekommt oder sogar krank wird. Einige keckere Buben hielten sich nicht an dieses Verbot und wurden nicht nur getadelt, nein, sie erhielten auch noch Strafaufgaben. Nach diesem guten „Znüni" (kleine Zwischenverpflegung am Vormittag) und einigen munteren Spielen durchstiegen wir die "Choleren-Schlucht".

Jetzt stand die Sonne schon hoch am Himmel und die Wanderung wurde zum Schluss ordentlich beschwerlich, auch waren wir müde und schwitzten sehr. Aber mit lustigen Wanderliedern und fröhlichen Spässen ging alles viel leichter, und kurz nach dem Mittag landeten wir wieder wohlbehalten zu Hause. Ab jetzt begannen die Sommerferien, die ganze drei Monate dauerten, wegen all der Kinder, die mit ihren Familien den Sommer auf der Alp verbrachten.

Im Winter, so ab November, bekamen wir in jeder grossen Pause von der Schulleitung einen schönen Apfel, der uns alle wegen der darin enthaltenen Vitamine bei guter Gesundheit halten sollte. Dieser Apfel wurde jeweils an den Ärmeln möglichst lange glänzendgerieben, und wir wetteiferten miteinander, wer wohl den höchsten Glanz erzielen würde. Am Mittag blieben wir alle in der Schule, und es gab heisse Milch, dazu verzehrten wir das mitgebrachte Stück Brot. Zwischen zwei und drei Uhr war die Schule aus, und wir machten uns auf den Heimweg. Wenn es jeweils richtig Winter wurde, musste das Schulbrennholz gespalten und versorgt werden. Mein Vater versuchte damals mit allen möglichen Arbeiten, unseren Lebensunterhalt zu verdienen, und somit war er es, der sich um dieses Holz kümmerte. In den Pausen lief ich immer schnell zu ihm und wusste dann doch nichts zu sagen. Ihm erging es ebenso, und so standen wir nur für kurze Zeit schweigend zusammen. Nach der Schule musste ich dann die Holzscheite zu schönen Stapeln aufschichten. Es war zugig im Holzschopf, kalt und ungemütlich, denn dieser Schopf war nur aus Brettern gebaut mit grossen Ritzen und Spalten, wo der Wind ungehindert durchpfiff, und natürlich machten auch die vorwitzigsten Schneeflocken davor nicht halt. Die wollenen Handschuhe waren schnell voller Schnee und bald einmal gefroren. Die Finger wurden steif und klamm und fingen an zu schmerzen. Sämtliche Erwärmungsübungen, die der Vater mir vorschlug, nützten nichts, und ich sehnte mich unendlich nach der heimeligen warmen Stube. Beim Einbruch der Nacht konnten wir uns dann endlich auf den Heimweg machen, um nachher zu Hause die schmerzhafte Prozedur vom Aufwärmen der Hände im kalten und allmählich wärmeren Wasser zu erleben.

Die ersten Skier.

Eines Tages brachte der Briefträger ein grosses, längliches Paket. Als wir es auspackten, kamen zwei paar gebrauchte Skier zum Vorschein, etwas ramponiert zwar, aber immerhin noch brauchbar. Eine Schwester meines Vaters war die Spenderin, denn ihre Töchter waren den Dingern offenbar entwachsen. Ich trug zwar nur meine hölzernen Hausschuhe, aber die Skier mussten doch ausprobiert werden, waren es doch die ersten, die ich gerade bekommen hatte. Muetti und Grossmuetti wollten mir mein

Vorhaben ausreden, aber für einmal vergass ich ganz, zu gehorchen. In Hausschuhen und Rock startete ich also meine erste Abfahrt. Einige Zeit konnte ich das Gleichgewicht halten, purzelte aber schliesslich in den Schnee und hatte einige Mühe, mich wieder zurechtzufinden und alles wieder einzusammeln. Mein Vater passte am Abend meine Holzschuhe an die Bindungen an, indem er hinten im hölzernen Schuhboden eine Agraffe einschlug, damit die Skier sich überhaupt befestigen liessen. Ich wurde nie eine richtige Skikanone, mein Können reichte immer nur gerade dazu, eine leidliche Fahrerin zu sein.

An einem kalten, wunderschönen Wintersonntagmorgen Ende März startete ich mit meinem Vater und unseren Skiern in Richtung Lenk. Wir wollten mein Grossmuetti im Brand besuchen. In der Frühdämmerung machten wir uns auf den Weg in Richtung Hahnenmoospass und Lenk. Am Anfang kamen wir recht zügig voran, aber mein Durchhaltevermögen erschöpfte sich bald einmal, denn das Tragen der Skier erschien mir furchtbar schwer. Ich war ja schliesslich erst acht Jahre alt. Mein Vater erbarmte sich meiner und trug mir die Skier, aber der Weg schien mir unendlich lang zu sein. Wir marschierten nach Geils, dann in Richtung Hahnenmoos. Auf dem grossen Hahnenmoos rasteten wir und assen ein Stück Brot, und mein Vater zauberte sogar ein Stücklein Schokolade aus dem Rucksack. Mit solchen Leckerbissen gefüttert, ging das Marschieren nachher wieder fast von selbst. Endlich auf dem Hahnenmoos-Pass angelangt, schnallten wir die Skier an und wagten eine Schussfahrt. Allerdings waren meine Beine jetzt wackelig wie Pudding, und ich purzelte laufend in den Schnee. Mein Vater stellte mich zwischen seine Skier, und so kamen wir ganz gut vorwärts. Bei Grossmuetti angekommen, stand gerade das Mittagessen auf dem Tisch. Kurz nach dem Essen mussten wir uns wieder auf den Weg machen. Der Heimweg hatte etwas mehr Abfahrten, die ich mehrheitlich zwischen Vaters Skiern absolvierte.

Das Jahr 1956 blieb mir nicht nur wegen dem kleinen Annerösi bestens im Gedächtnis, sondern ebenso viel trugen die damaligen Wirren in Ungarn dazu bei. In Ungarn kriselte es allgemein und die politische Lage war undurchschaubar, und unsere Lehrerin hatte ein feinfühlendes, frommes Herz und kam darum auf folgende Idee: Jedes Kind musste eine Tafel Schokolade in die Schule bringen, diese mit einer weihnachtlichen Zeichnung versehen und darauf schreiben: „Weihnachten 1956". Sämtliche Schokoladentafeln samt Zeichnungen und Briefen wurden von der Lehrerin eingesammelt und nach Ungarn gesandt. Ob jemals eine Reaktion oder ein Dankeswort von dort gekommen ist, entzieht sich meinem Gedächtnis, aber dass Schenken verdammt wehtun kann, ja, das ist mir genau in Erinnerung geblieben, denn zu Hause erhielten wir ja nur an Geburtstagen Schokolade und an Weihnachten nur manchmal, und dann muss man so etwas Feines an unbekannte Kinder schicken, das war für mich mit acht Jahren kaum zu verstehen.

Ohne den Kalender genau zu kennen, spürten wir zu Hause die nahenden Festtage. Der Briefträger brachte ab und zu ein Päckchen eines Paten, welches Muetti in Empfang nahm, um es im elterlichen Kleiderschrank aufzubewahren. Jetzt konnten wir träumen, raten, rätseln und uns reichlich Gedanken bezüglich des Inhalts machen. Grösse des Pakets, Absender und Empfänger desselben waren ja bekannt. Mit dem Nahen des Heiligabends stiegen Spannung und Erwartung. Endlich war es dann soweit. Mein Vater ging etwas früher in den Stall, pflegte und fütterte das Vieh besonders gut und genau, denn einer alten Sage zufolge können alle Tiere am Heiligabend sprechen. Bei uns zu Hause zweifelte niemand an dieser Weisheit. Die Tiere würden sich lobend oder beklagend äussern, je nach Behandlung durch ihre Besitzer. Unser jährliches Festessen bestand aus Schlagrahm und Lebkuchen. Ich mochte dieses Essen nicht besonders gerne, denn mir wurde immer übel, wenn ich Schlagrahm ass. Trotzdem gehörte es eben zu Weihnachten. Nach dem Essen bereitete Muetti hinter der verschlossenen Stubentüre den Weihnachtsbaum vor, derweil Vater in der Küche die Zeitung las, und wir Kinder uns freuten und vor Neugierde beinahe am Zerplatzen waren. Nun wurde die Türe geöffnet, und wir durften eintreten. Der Weihnachtsbaum mit seinen bunten Kerzen und den glänzenden Kugeln zauberte ein mildes Licht in die abgedunkelte Stube und die anheimelnde Wärme aus dem kleinen Holzofen verstärkte dieses heimatliche Geborgenheitsgefühl noch. Der geschmückte Baum musste bestaunt werden, nicht nur bezüglich des Schmuckes, sondern auch in Bezug auf Wuchs, Gestalt und Anordnung der Äste. Das Singen der bekanntesten Weihnachtslieder gehörte ebenfalls zu unserer Feier, wobei wir bei den meisten Liedern nicht über die ersten zwei Strophen hinaus kamen. Anschliessend wurden noch die Schul- oder Sonntagsschulgedichte aufgesagt und einige Minuten besinnlich und in sich versunken dagesessen. Endlich verteilte Muetti die Päckchen, und wir machten uns ans Auspacken. Jedes Geschenk wurde ausgepackt, hierauf sofort der Familie gezeigt und säuberlich geordnet weggeräumt, damit man sich ja für alles exakt bedanken konnte. Sodann mussten sämtliche Geschenkpapiere glattgestrichen und gefaltet und die verschiedenen Schnürchen exakt aufgerollt werden, damit im nächsten Jahr Verpackungsmaterial vorhanden war und man nicht etwa unbesonnen Geld ausgeben musste. Die Papiere wurden von den Eltern für Patengeschenke an ihre Patenkinder weiterverwendet. Wenn die Kerzen am Verlöschen waren, hiess es: "Marsch und ab ins Bett mit euch!" Die Erwartungen waren zum grossen Teil nicht erfüllt worden, und tief im Innersten machte sich sogar einige Enttäuschung breit, die allerdings einhellig mit der nächsten Vorfreude ging und der Hoffnung auf kommende Weihnachten. Ein bittersüsses und doch tiefes und schönes Festgefühl nahmen wir alleweil in unseren Alltag hinüber.

Das zweite Schuljahr ging langsam seinem Ende entgegen und wurde mit dem alljährlichen Schulexamen beendet. Wir lernten brav, zogen die Sonntagskleider an und erhielten von zu Hause noch einige wohlmeinende Ratschläge für diesen hohen "Feiertag". Alle, auch die Lehrerin, waren sehr nervös, kamen doch einige Eltern und Verwandte zu Besuch, aber im Nachhinein konnte man ruhig sagen, dass es viel Lärm um nichts gewesen war. Am Mittag gab es statt der heissen Milch einen herrlichen dunkelbraunen Kakao und dazu den "Examensweggen". Diese Wecken waren sehr grosse Milchbrötchen und schmeckten hervorragend, denn solche Schlemmereien kriegten wir sonst nie. Zum Abschluss erhielten wir noch unseren Examen-Batzen von 20 Rappen und marschierten anschliessend zur gewohnten Zeit nach Hause. Das einzig Gute an so einem Examenstag war die aussergewöhnliche Verpflegung und die anschliessenden Schulferien.-

Wir zogen in diesem Jahr nach Ostern mit Sack und Pack und allem Vieh für ein Vierteljahr an die Lenk zu den Grosseltern. Es gab dort Futter für die Kühe und Arbeit für meinen Vater. Wir Kinder kamen in eine kleine Gesamtschule. Es gab Klassen mit einem oder manchmal auch drei Kindern. Jede Woche hatten wir alle unten im Dorf den Turnunterricht zu besuchen. Es wurde Turnkleidung vorgeschrieben. Natürlich mussten für alle drei Kinder Turnhosen und Turnschuhe gekauft werden. Damals konnte ich mich noch nicht über solche Dinge ärgern, das Ärgern kam dann erst mit den Jahren. Was tat man den verschiedenen Mitmenschen jeweils an mit solchen Vorgaben? Was litt eine fleissige, sparsame Hausfrau und Mutter oft für Qualen, nur weil es die Lehrer so befahlen? Bestimmt hätte die eine oder andere Familie vielleicht bei der Gemeinde oder Schulbehörde einen Beitrag erbetteln können, aber wer mochte die geldliche Not denn öffentlich eingestehen? Meines Erachtens hätte sich mancher Lehrer mehr psychologisches Geschick zulegen und seine Befehle etwas mehr hinterfragen müssen, denn es geht nicht an, dass man nur auf eine Art unterrichten kann. Ich habe in meiner Schulzeit am meisten unter den unbedachten Äusserungen und den gestellten Anforderungen mit finanziellem Hintergrund gelitten, denn die Kameraden waren weniger kleinlich in ihrem Denken als mancher Lehrer. Natürlich waren diese sportlichen

Anschaffungen eine Geldausgabe, die sich spätestens nach zwei Monaten für uns als absolut überflüssig erwies, denn der Heuvorrat war erschöpft und wir mussten wieder mit Schmids Lastwagen zurück nach Adelboden transportiert werden.

Wieder in der alten Schule erfuhren wir, dass eine Schulkameradin von Elisabeth, die ebenfalls Elisabeth hiess, mit einem gebrochenen Bein zur Schule kommen würde. Das heisst, das Mädchen wurde per Kinderwagen, meistens von seinen älteren Geschwistern, zur Schule gefahren. Der Heimweg gestaltete sich ähnlich, ausser wenn die Schule früher aus war. Meistens stritten wir uns, wer jetzt die Kameradin nach Hause bringen durfte. Nicht etwa, dass wir uns aus Hilfsbereitschaft überschlugen, aber ein anderes Wegstück lag vor uns und das erst noch mit einem alten Kinderwagen, der geschoben werden musste.

Selbstverständlich meldeten auch wir uns, obschon unsere Heimwege in genau entgegengesetzter Richtung verliefen.

Einmal war es wieder soweit, und wir schoben den Kinderwagen samt Kameradin zu deren Elternhaus. Dort wurden wir natürlich tüchtig für unsere gute Tat gelobt, und die so dankende Frau wollte uns unbedingt etwas Feines schenken. Sie holte eine wunderbare, rotleuchtende Tomate aus ihren Vorräten und bot uns diese an. Sie vergewisserte sich noch, ob wir dieses herrliche Gemüse auch schon gekostet hätten. Es wäre mir nie im Schlaf eingefallen, eine so köstlich aussehende Frucht abzulehnen, denn meine unruhige verträumte Phantasie gaukelte mir wieder einmal überirdisch gute Gaumenfreuden vor. Allerdings erwachte ich bereits beim ersten Bissen aus meiner paradiesisch anmutenden Wunderwelt. Glücklicherweise blieben der Spenderin die enttäuschten Grimassen unsererseits erspart. Bei jeder heutigen Tomate kommt mir der erste, vielversprechende Bissen, der sehr fremdartig wirkte, wieder in den Sinn.

Ein nicht ganz normaler Spitalbesuch stand an. Das herzkranke Grossmuetti väterlicherseits lag todkrank im Spital und wir planten einen wahrscheinlich letzten Besuch im Spital Frutigen. In Ermangelung von Geld und Auto mussten wir uns anderweitig behelfen, um dorthin zu gelangen. Wir waren nun ja stolze Besitzer von "Schanzlin", dem Motormäher. Also bastelte mein Vater am Anhänger herum und fertigte mit Kanthölzern und einer grossen, schwarzen Plane ein Dach, welches uns vor dem zu erwartenden Regen schützen sollte. Für Muetti fertigte er einen Schemel an, worauf es sich einigermassen bequem niederlassen konnte. Wir Kinder gruppierten uns drum herum. Wir benutzten die alte Adelboden-Strasse, und ich vermeine noch heute, das ewige steile Auf und Ab zu sehen und zu spüren. Wir kamen wohlbehalten im Spital an, blieben auch nicht allzu lange, denn die Heimfahrt würde sich noch langsamer gestalten, ging es doch praktisch nur noch bergauf.

Grossmuetti war sichtlich erfreut und überrascht von unserem Besuch, und so schien alles in bester Ordnung zu sein, wenigstens für uns Kinder.

Kurze Zeit nach unserem Spitalbesuch, es war ein heisser Augusttag, galt es, Grossmuetti zu beerdigen. Wir Kinder, vom Jüngsten bis zum Ältesten, nahmen selbstverständlich an der Beerdigung teil. Die Verstorbenen wurden damals noch im Trauerhaus aufgebahrt. Mehrere männliche Familienmitglieder gingen jeweils in der ganzen Gemeinde von Haus zu Haus und baten die Leute um das Geleit für den Toten. Sie nannten Zeit und Ort der Beerdigung und erklärten auch, woran der Verblichene gestorben sei. Am Beerdigungstag, der Sarg war unverschlossen, standen die Angehörigen mit ihren Kindern im hinteren Stübchen vor dem offenen Sarg. Grossätti schritt schweren und gemessenen Schrittes zum Sarg, legte kurz seine Hand wie zum Abschied auf Grossmutters gefaltete Hände, in denen ein Sträusschen roter Nelken steckte, und erst jetzt wurde der Sarg geschlossen. Dieses Deckelschliessen beinhaltete eine gewaltige Endgültigkeit. Die Tanten schluchzten alle mehr oder weniger laut, und der versteinerte Gesichtsausdruck meines Vaters sagte uns, dass es hier sehr, sehr ernst war. Der älteste Onkel, der geistig etwas zurückgeblieben war, weinte hemmungslos in sein rotkariertes Taschentuch. Einerseits begriffen wir, dass es eine todernste Situation war, und zum andern war uns das ganze Geschehen sehr fremd und schüchterte uns gewaltig ein. Alle Trauergäste schritten langsam hinter dem Pferdefuhrwerk einher und sammelten sich beim Friedhof. Die Pferde waren schwarz und hatten schwarze Bommeln auf dem Kopf. Der Leichenwagen war schwarz und mit einem schwarzen Tuch mit ebensolchen Fransen bespannt. Als alles vorüber war, trafen wir uns im nahegelegenen Tea-Room zu einem "Zvieri." Zu gutem Berner Zopf gab es Milchkaffee, Hobelkäse, Konfitüre und goldgelbe Butterröllchen. Es war fast ein wenig schade, die von mir bestaunten Röllchen nur zu essen. Meines Erachtens wären diese zu viel Höherem gemacht gewesen, aber nein, man musste sie ganz einfach und gewöhnlich aufs Zopf-Brot streichen und essen. Nach dem Essen machten wir uns wiederum zu Fuss auf den Heimweg. Wir vertauschten die Sonntags- mit den Werktags-kleidern und widmeten uns dem Heueinbringen. Es war Brauch, dass während des Trauerjahres die nächsten Angehörigen schwarze Kleider zu tragen hatten.

Für uns Mädchen bedeutete dies das tägliche Tragen von hochgeschlossenen schwarzen Schürzen mit ganz feinen weissen Punkten: dazu gehörten schwarze Haarbänder und ein schwarzer Trauerknopf, der an der normal farbigen Jacke befestigt wurde.

Im nächsten Jahr verbrachten wir den Sommer auf der Alp. Es galt, ungefähr 14 Kühe zu melken. Natürlich kannten wir noch keine Melkmaschine, und es gab somit für alle Familienmitglieder genügend Arbeit zu erledigen. Vater verarbeitete täglich viele Liter Milch zu echtem Bergkäse. Wir verlebten dort jedes Mal eine sehr glückliche und unbeschwerte Zeit, obschon wir auf engstem Raum zusammenwohnten. Die Küche galt als Wohn- und Essraum, wo auch der tägliche Bergkäse gefertigt wurde, die Stube beinhaltete drei mittelbreite Betten, welche wir je zu Zweien belegten. Wir Kinder lagen auf gutgefüllten Strohsäcken, auf denen ein Bettlaken und eine leichte Decke lagen, die in einem karierten Bettbezug steckte. Waschen mussten wir uns vor der Hütte beim Brunnen mit sehr kaltem Wasser, und wer die Toilette suchte, fand das stille Örtchen auch vor dem Haus in Form eines Plumpsklos über dem Jauchekasten des Viehs. Bei schönem und trockenem Wetter war dies alles nicht gar so arg, aber bei kaltem Regenwetter sah die Hüttenromantik doch deutlich unfreundlicher aus. Damit die Eltern bezüglich des Tagesgeschehens einigermassen auf dem Laufenden waren, hatten wir ein kleines batteriebetriebenes Radio. Oft rauschte und knatterte es dermassen durch den Äther, dass man kaum etwas richtig hörte oder gar verstand. Häufig hörte ich damals meine Eltern sagen: „Der Algerier ist wieder zu stark und stört unseren Sender." Die Nachrichten wurden gerne gehört und dann etwa noch das Wunschkonzert. Wenn es ein Hörspiel zu verfolgen gab, freute man sich bereits eine Woche vorher auf die nächste Sendung und setzte sich dann konzentriert lauschend vor das knatternde Gerät. Selbstverständlich besassen wir auch kein fliessendes Wasser in der Küche, eben so wenig elektrischen Strom. Wasser holten wir beim Brunnen und zur Not gab es eine Petrollampe, aber man gewöhnte sich an zeitiges Zubettgehen und vermisste somit keinerlei Lichtquellen. Es war äusserst beruhigend und einschläfernd, wenn man abends im Bett das leise Plätschern des Brunnens und die unterschiedlich bimmelnden Kuhglocken hörte. Tagsüber gab es genug Arbeit. So wurde zuerst das Vieh in die Ställe geholt, dann gemolken, und wenn der Käse fertig war, so gab es ausserhalb des Hauses bestimmt immer etwas zu tun. Gelegentlich, vor allem nach einem sommerlichen Gewitter, machten wir uns auf zum Pilze- oder Beerensammeln. Es hiess immer, dass die Pilze erst richtig wachsen und gedeihen würden nach einem Gewitterregen. Abends ein Pilzgericht an einer weissen Sauce mit einem Schuss Essig drin, dazu ein veritabler Risotto, das war schon mehr als köstlich! Wir sammelten ausschliesslich Eierschwämme und Steinpilze, genau diese zwei Sorten, die wir bestens kannten. Damit ja alles klappte, kochte Muetti immer ein 20 Rappenstück mit. Wenn dieses beim Kochen schwarz geworden wäre, hätten wir die Pilze unbedacht weggeschmissen, denn dann, so wurde Muetti noch von seiner Mutter unterrichtet, sind solche Pilze giftig oder ungeniessbar. Erst Jahre später kam man zum Schluss, dass dieser Test mehr als sinnlos war. Damals aber glaubte man daran und wusste es auch nicht anders. Nebst Käse fabrizierte unser Vater auch ab und zu einen echten „Alpziger". Das heisst, dieser wurde aus der Käsemilch hergestellt. Muetti war keine Liebhaberin dieses Produktes, und daher stellte mein Vater diesen Ziger nur auf Bestellung für Kunden her. Nur manchmal, bei Regenwetter, machte mein Vater aus der übriggebliebenen Käsemilch diesen Ziger und hängte diesen anschliessend in den Küchenrauch.

Ich denke noch heute mit meinen jetzt 70 Jahren mit Liebe, Respekt und Dankbarkeit an meine Kindheit zurück, denn obwohl wir nicht in Reichtümern badeten, so lernten wir das Wichtigste für unsere Zukunft, nämlich fleissig, ehrlich und arbeitsam zu sein. Die Eltern lebten uns dieses Leben, ihr Leben, genau so ehrlich vor, wie sie es von uns auch forderten. Heute scheinen diese Werte oft veraltet und überholt zu sein und dennoch wäre weniger manchmal mehr. Mehr Liebe und Respekt und etwas weniger Vergnügen, Geld und Ablenkung. Es kommen mir manchmal so Aussagen meines Vaters in den Sinn, wie zum Beispiel: Tue recht und scheue Niemand, oder die Wahrheit sagen darf man, nur keine Lügen verbreiten muss man.

Wir hatten ein liebevolles Zuhause, auch wenn das Geld meistens nicht ganz für die nötigsten Anschaffungen reichte. Wie schon gesagt, Süssigkeiten gab es nur ganz selten, und das Geld, um solche zu kaufen, fehlte uns. Bekanntlich macht Not erfinderisch, und so ist folgende Episode nicht mal so erstaunlich. Ein Schulkamerad kaute an einem rosaroten Bazooka-Kaugummi und gedachte gerade, diesen saft- und kraftlosen Klumpen ins Freie zu befördern. Ich konnte ihn eben noch daran hindern und überzeugen, dass es besser wäre, mir den Bazooka abzutreten. Er tat dies mit ungläubigem Kopfschütteln. Mich konnte sein Gebaren nicht sonderlich beeindrucken oder stören, denn ich nahm das so erbettelte Geschenk nach Hause, wusch es unter dem kalten Wasserstrahl ordentlich ab und tunkte es dann mehrmals in das Zuckereimerchen. Jetzt hatte ich etwas zum Naschen und erst noch einen fast neuen Kaugummi. Später fanden wir dann ab und zu einen Occasions-Kaugummi am Strassenrand, welchen wir stets auf die gleiche Art rundum erneuerten, um ihn dann genüsslich selber weiter zu kauen.

Die meisten Kinder hatten damals ähnliche finanzielle Verhältnisse zu Hause wie wir. Wenigstens die Primarschüler, denn es waren entweder Kleinbauern- oder Arbeiterkinder, genau wie wir auch. Eine ältere Schulkollegin erzählte uns, wie sie sich ihr Taschengeld verdiene. Sie pflücke Blumen, binde diese zu herzigen Sträusschen und verkaufe diese am Strassenrand an vorbeimarschierende Passanten, vorwiegend an Touristen, lautete ihr Rezept. Mir gefiel diese Idee besonders gut, denn in meinem Innersten wurde die versteckte Händler- und Krämerseele zum Klingen gebracht. Wir sammelten also Blumen und platzierten uns am Strassenrand. Das Geschäft begann ganz, ganz langsam anzulaufen, als uns die wachsamen Augen von Muetti erspähten. Wir hatten scheinbar nicht den gleichen Geschäftssinn, denn es verbot uns die offenkundige Bettelei strikt. Auch als ich ihm mit viel Überredungskunst darlegen wollte, dass wir doch nicht betteln würden, sondern verkaufen, war es nicht mehr umzustimmen, denn es meinte, das käme aufs gleiche raus und man müsste sich für unser Verhalten ja schämen. Aus dem gewinnbringenden Geschäft wurde somit leider nichts.

Manchmal, wenn eine Freundin der Eltern mit ihren zwei Töchtern zu Besuch kam, kochte Muetti zum „Zvieri" eine Crème, manchmal Vanille-, Gebrannte- oder sogar Schokoladencrème. Natürlich freuten wir uns auf die bevorstehende Schlemmerei. Wir hätten vermutlich nie genug davon bekommen. Also verpflichte uns Muetti zu jedem Tellerchen Crème eine ganze

Scheibe Brot zu verzehren, und erst wenn auch diese gegessen war, wurde wieder nachgeschöpft. Klarerweise waren wir spätestens nach zwei Tellern satt, nicht so aber unsere Gäste. Sie leerten tapfer Tellerchen um Tellerchen, ohne nur ein halbes Stück Brot zu essen, was uns meistens ziemlich verdross, denn es war ungerecht. Klar ermahnte unser Besuch seine Kinder auch zum Brotessen, aber sie blieb nicht hart genug, um ihren Befehl auch durchzusetzen. Bestimmt blutete Muetti manchmal auch das Herz, wenn es uns so erziehen musste, und die andere Mutter keine Anstalten traf, ihren zwei Fresssäcken auch etwas Manieren beizubringen und sich unserem Verhalten anzupassen.

Wiederum war das alljährliche Skirennen angesagt. Mein Vater, ein stets begeisterter Skifahrer und ein ebenso leidenschaftlicher Gelegenheitsrennfahrer ermunterte mich, doch am Rennen teilzunehmen. Er erklärte mir vorgängig wie sich ein solches Spektakel etwa abspielen würde. Ich erschien zur vorgegebenen Zeit und holte meine Startnummer. Ich fühlte mich etwas mulmig und sehr allein. Als ich oben am Start stand, hatte ich den unbändigen Wunsch, möglichst alles gut und perfekt zu machen. Leider wichen meine diesbezüglichen Vorstellungen um genau hundert Prozent von denjenigen des Veranstalters ab. Ich fuhr los, liess mich gekonnt fallen, stand problemlos wieder auf, kurvte mit dem schönsten Stemmbogen durch die Tore, auch wenn es überhaupt nichts zu kurven gab, und erwartete bei meinem Eintreffen im Ziel einen Applaus, zumindest in ange-deuteter Form. Doch weit gefehlt: Meine Leistungen auf renn-fahrerischer Ebene konnten nur noch als Schlusslicht auf der Rangliste vermerkt werden. Vielleicht hätte ich als Clown grös-sere Chancen gehabt. Unnötig zu sagen, dass mein Vater von meinem Antitalent richtig enttäuscht war. Aber ein Gutes hatte diese Teilnahme trotzdem, denn auch der Letzte der Rangliste durfte sich am darauffolgenden Sonntagnachmittag mit einer leeren Kaffeetasse vor dem Hotel Kreuz in die Warteschlange der grossen und kleinen Sportler anstellen. Diese Phase schien mir besser zu liegen, denn ich durchlief sie ohne nennenswerte Panne. Endlich war es soweit, die Türe öffnete sich, und die Ju-gend stürmte drängend die aufgestellten Stühle und Bänke. Als einigermassen alle sassen, gab es heissen Tee, ein Paar Wiener-würste und ein Brötchen. Dazu spielte die Blasmusik von Adel-boden rassige Märsche. Dazwischen gingen die Rangverkündi-gungen über die Bühne. Ich nahm noch einige Male an Skiren-nen teil, aber wirklich nur, um dem anschliessenden festlichen Teil beiwohnen zu dürfen, denn mein Vater erlaubte uns das Mitmachen am Fest nur, wenn wir auch aktiv am Skirennen teil-nahmen. Recht viele andere Kinder kamen jeweils nur zum Fest, aber bei uns kannte Vater diesbezüglich keine Gnade, denn er lebte gerne nach dem Motto, „ohne Fleiss, kein Preis". Nach dem ersten solchen Anlass kam ich freudestrahlend nach Hause und beschrieb den Eltern den ganzen Ablauf ziemlich gestenreich und in den schillerndsten Farben. Als ich dann die Blasmusik rühmte und vordemonstrierte, wie ein Musikant jeweils auf Kommando zwei Pfannendeckel zusammengeschlagen hatte, krümmten sich meine Eltern vor Lachen. Aber mir hatte es viel Spass gemacht, denn eine solche Bombenstimmung mitzuerleben war fast jenseits der Grenzen des Beschreibbaren.

Vom Hörensagen wusste ich, dass man sich auf die Sekundarschul-Aufnahmeprüfung vorbereiten konnte. Die Lehrerin erteilte an die vorgesehenen Kandidaten zusätzliche Aufgaben und Aufsätze. Eine Schulkollegin, die ein Jahr älter war als ich, bestürmte mich, mich unbedingt zur Aufnahmeprüfung zu melden, denn dann hätten wir den fast gleichen Schulweg gemeinsam zurückzulegen. Als ich mit meinen Eltern über diese Möglichkeit sprach, waren sie nicht sehr davon angetan und wollten sich das Ganze noch etwas überlegen. Die Lehrerin befürwortete meine schulische Förderung, gehörte ich doch als Klassenbeste zu den Favoritinnen. Das Lernen machte mir damals keine Probleme, sondern ausgesprochen viel Vergnügen und Spass. So wie ich den ersten Schultag herbeisehnte und herbeifragte, so hielt ich es nun mit der Aufnahmeprüfung für die Sekundarschule.

Meine Eltern überlegten, überlegten..., nicht, dass sie mit dem Fällen von Entscheidungen sonst Mühe gehabt hätten, aber ihre Überlegungen galten vielmehr dem mehr als vier Kilometer langen Schulweg, den es täglich viermal zu bewältigen galt. Ich fragte immer wieder: „Habt ihr euch jetzt entschieden?" Stets erhielt ich die gleiche Antwort: „Wir überlegen noch." Manchmal fiel die Antwort auch etwas ruppiger aus und es hiess ganz genervt: „Frage nicht immer das Gleiche." Ich traute mich schlussendlich gar nicht mehr persönlich zu fragen, sondern legte den Eltern überall Zettel hin und zwar so, dass sie jeweils fast darüber stolpern mussten. Mit dieser Methode erreichte ich aber gar nichts, denn hier folgte stummes Wegsehen. Also war ich nun wieder gezwungen zu fragen: „Habt ihr meinen Zettel gesehen." Je nachdem wie meine Eltern aufgelegt waren, machten sie mir das Leben richtig schwer, indem sie dann dümmlich fragten: „Welchen Zettel?" Nun musste ich meine bittende Frage erneut in Worte fassen und gottergeben auf eine positive Antwort hoffen. Ein Fahrrad zu kaufen wäre für ihren Geldbeutel nämlich eine zu grosse Belastung gewesen und wegen der vielen Steigungen mir auch nicht sehr dienlich. Heute frage ich mich oft, warum man damals Gemeinderatsmitglieder hatte und

Pfarrer, wenn sich keine Menschenseele Gedanken über die verschiedenen Gemeindebürger machte. Wir waren ja nicht in der Einzahl mit unseren schmalen Finanzen, aber wir waren in einer überschaubaren Minderheit. Endlich, endlich gaben meine Eltern ihr Einverständnis, dass ich an der Aufnahmeprüfung teilnehmen durfte, sodass ich mich kurz vor Anmeldeschluss noch einschreiben konnte. Der Prüfungstag wurde Wirklichkeit und ich nahm mit schlafwandlerischer Ruhe daran teil. Während der Pausen unterhielt ich mich mit anderen Teilnehmerinnen und stellte fest, dass das Bestehen der Prüfungen für einige ein von den Eltern gefordertes und erwartetes Muss bedeutete. Gegenseitig hatten wir Mühe, die Beweggründe der andern Seite zu verstehen. Ich musste mir meine Teilnahme über monatelanges Befragen der Eltern erkämpfen und andere, nicht so begabte Mitschüler wurden durch ehrgeizige Eltern zu den Prüfungen gezwungen. Noch heute frage ich mich, wozu hatten wir denn Lehrer? Sie hätten uns helfen müssen. Als ich wieder zu Hause war, erzählte ich, wie es mir so ergangen sei und die Eltern hörten mir mehr aus Höflichkeit, denn aus wirklichem Interesse zu. Einige Tage später kam der angekündigte Brief der Schulleitung. Ich konnte vor Aufregung fast nicht stillstehen und sah dem Muetti ganz gebannt beim Lesen zu. Es liess die Hände mit dem Brief etwas hilflos sinken und sagte trocken: "Oh, jetzt hast du doch bestanden!" Ich war vor Freude fast aus dem Häuschen, die Eltern aber waren eher enttäuscht und vor allem sehr skeptisch für die weitere Zukunft. Ich hörte dann später, dass die Kolleginnen, die unbedingt hätten bestehen müssen, leider durchgefallen waren.

In der Sekundarschule hiess es nun: "Hier werden Hausschuhe getragen." Wir bemühten uns alle, uns an die neue Hausordnung zu gewöhnen. Allerdings versuchte kein Lehrer abzuklären, ob die geforderten Hausschuhe auch bei allen ins Budget passten. Ich musste anfänglich auf meinen Strümpfen laufen, denn Hausschuhe waren einfach nicht drin. Glücklicherweise erhielt meine Schwester an Weihnachten ein paar rote Pantöffelchen, die ihr allerdings viel zu klein waren. Mir waren sie zwar auch zu knapp, aber doch ein bisschen weniger. Die Rückgabe an den Schenkenden wäre für meine Eltern keine Alternative gewesen, denn etwas Geschenktes gab man nie retour, denn das sei beleidigend. Also zog ich nach Weihnachten mit meinen roten, etwas zu kleinen Pantoffeln ins wieder aufgenommene Schulleben ein. Die Mitschüler freuten sich und befanden die Pantoffel als sehr schön und damit auch mich ihnen gleichgestellt, denn nur in Socken hätte ich halt nicht den gleichen Stellenwert erhalten. Dass meine Zehen in dem zu kleinen Schuhwerk nicht die gleiche Freude empfanden, interessierte die auf Äusserlichkeiten bedachten Kameraden gar nicht.

Unter Hausordnung fiel folgendes: Zum Beispiel mussten wir den Stuhl bei Schulschluss aufs Pult stellen. Früher sass ich in einer gewöhnlich zusammengebauten Schulbank aus Holz, und heute war das gleiche System in zwei Teilen vorhanden. Die Pantoffeln gehörten auf das dafür vorgesehene Tablar im Korridor. Wenn man eine dieser Pflichten unterliess, oder wenn unter einem Schreibpult Papierschnitzel oder Ähnliches zu finden waren, kostete dies den betroffenen Sünder 20 Rappen. Dieses Geld kam der Schülerkasse zugute. Die Seiten in unseren Heften wurden gezählt, falls eine Seite herausgerissen worden war, musste man das ganze Heft selber bezahlen. Nun gab es noch die lieben, manchmal aber etwas mutwilligen Kameraden - und schon wurde man ohne Selbstverschulden zum Sündenbock.

Ich wurde zwar zu Hause zu Respekt, Ordnung und Sorgfalt erzogen, und dennoch tat ich mich mit diesen neuen Gepflogenheiten schwer. Manchmal wurde ich zum Bezahlenden durch mutwillige Kameraden, und die wenigen Rappen strapazierten meine schon arg schwachen finanziellen Verhältnisse sehr empfindlich. Fast wöchentlich wurden Materialkontrollen durchgeführt und wehe dem, wenn etwas von den vormals erhaltenen Sachen fehlte. Schon wieder hiess es: Bezahlen! Wir hatten drei

Lehrer, ich war bis dahin nur an Lehrerinnen gewöhnt, und diese Männerherrschaft führte dazu, dass ich nebst riesigem Respekt auch ordentlich Angst bekam. Jeder ahnt jetzt, dass solcherlei Drill nur dazu angetan war, um aus einem schüchternen, mit wenig Selbstvertrauen ausgestatteten Menschlein einen kläglichen Schüler werden zu lassen. Das Vertrauen in das Können und die Fähigkeiten schwand, und so kam auch die Freude samt den guten Noten einfach abhanden. Meine Versetzung wurde zwar nie angezweifelt, was mir bis heute als ungelöstes Rätsel erscheint. Wenn ich mir meine Benotung in den Zeugnissen ansehe, fange ich fast an, mich dafür zu schämen. Ich litt, tat mich äusserst schwer und erlangte erst in der achten Klasse langsam wieder etwas an Boden unter den Füssen. Vorher lief ich mehr schlecht als recht einfach nur mit. Wir waren immer zwei Klassen zusammen im selben Raum und hatten jeweils einen Hauptlehrer, der uns in den meisten Fächern unterrichtete. In der Unterschule, das heisst im fünften und sechsten Schuljahr, war der Hauptlehrer ein Mensch, der vor allem eines wollte, nämlich irgendwann politisch Karriere machen. Für eben diese Karriere musste er sich vor allem mit denjenigen Schülern gutstellen, deren Eltern ihm bei seinen Wünschen auch behilflich sein konnten. Ich gehörte bestimmt nicht zu diesem Kreis, denn ein armer Bauersmann hatte nicht die nötigen Beziehungen, um den Lehrer die Karriereleiter hinaufzuschieben. Der Unterricht gestaltete sich so, dass, wenn ich die Hand hochstreckte, weil ich tatsächlich einmal sicher etwas wusste, mit Garantie nie abgefragt wurde. Aber wenn dann keine Menschenseele eine Antwort wusste, ging der Lehrer nach dem Zufallsprinzip vor und befragte ausgerechnet mich, denn es war ja nicht so schlimm, wenn ich mit hochrotem Kopf und Unzusammenhängendes stotternd vor der Klasse stand. Wäre dies ein anderer gewesen, so hätte vielleicht die zaghaft glänzende Karriere gelitten.

Unglücklicherweise war immer nach Weihnachten in der Schule entweder ein Gespräch oder ein Aufsatzthema über Geschenke, Freuden und anderes zu erwarten. Mir verhalfen solche psychologischen Fehltritte höchstens dazu, dass mein kleines Selbstbewusstsein wie Schnee an der Sonne dahinschmolz und ich mich einmal mehr vor meinen Mitschülern schämte. In der Primarschule waren alle ungefähr auf gleicher Stufe, in der Sekundarschule hingegen empfand ich nur noch Reiche und Arme. Damals sah ich halt nur den Batzen, das Äussere, erst mit zunehmenden Jahren merkte ich, dass wir entschieden auf der Seite der Reichen gestanden hatten, denn mit so viel Geborgenheit und Liebe umgeben zu sein, ist ein wahrhaft unbezahlbarer Reichtum. An ein Gespräch, welches von unserem Klassenlehrer veranlasst wurde, erinnere ich mich besonders gut. Ich war in der sechsten Klasse, also knapp zwölf Jahre alt, und die Weihnachtsferien gerade vorbei. Unser Lehrer befragte jeden, wie die Weihnachtstage erlebt wurden, und was es denn so an Geschenken gab. Meine Schulkameraden kamen alle aus finanziell besser gestellten Familien, oder waren zumindest das jüngste noch zur Schule gehende Kind, und die Eltern konnten sich eher ein Extra erlauben mit ihrem Sprössling. Ich befand meine erhaltenen Geschenke in Ordnung, zwar nicht nach meinen Wünschen, aber immerhin. Also hob ich zu erzählen an. Pullover und Lebkuchen, einen neuen Rock für den Sonntag und einen Sportsack mit Nüssen und Mandarinen, welchen ich mit meiner Schwester Elisabeth zu teilen hatte. Diese Sportsäcke waren einige Zeit sehr in Mode, obschon es kaum etwas Unpraktischeres geben konnte. Die Säcke waren aus festem Segeltuch, innen mit Plastik gefüttert und zum Schliessen und Tragen gab es nur eine dicke Schnur, welche einem fest auf die Knochen drückte und tiefe Abdrücke im Fleisch hinterliess. Mein Muetti hatte dieses unpraktische Ding nicht etwa aus Unbesonnenheit erworben, sondern mühsam mit geschenkten Punkten über Jahre zusammengespart. Beim Erwähnen meiner unspektakulären Geschenke ging ein Raunen durch die Klasse. Hannes, unser Lehrer, forderte immer noch zum Weiterreden auf und beim gemeinsamen Sportsack lachten die lieben Schulkollegen spöttisch los. Mir war es peinlich und ich war wütend, und ich verfluchte den unbedarften Lehrer. Schade war nur, dass die damaligen Lehrer oft solche Fehler machten und manchem Kind den Weg in die Zukunft verbauten, denn ein solches Verhalten hemmt das Selbstbewusstsein und trägt nicht etwa zu schulischen Bestleistungen bei.-

Oder in der Mittelschule, das heisst siebte und achte Klasse, schön zu Beginn der einsetzenden Pubertät ereignete sich folgendes: Beim Bezug der Sitzplätze im Frühjahr war die Anzahl der Knaben und Mädchen dummerweise ungerade. Das heisst, der Jüngste des Friedhofsgärtners mit seiner unmodernen Brille, den vorstehenden Zähnen und den altmodischen Hosen, die zehn Zentimeter über den Fussknöcheln endeten, weil sie von den Hosenträgern zu straff nach oben gezurrt wurden, und ich blieben übrig. Alle anderen Mädchen hielten sich zu zweit an den Händen, als hinge ihr Leben von einer möglichen Trennung ab. Ich stand unglücklich daneben. Unser Hauptlehrer, ein wahres Seelengenie, meinte trocken: „Keine Frage, ihr zwei", dabei deutete er auf den Friedhofsjungen und auf mich, „teilt euch eine Schulbank." Als wir uns nicht gerade willens zeigten, hakte er trocken nach: „Tut doch nicht so dumm, denn in ein paar Jährchen lauft ihr einander sowieso hinterher." Zu allem Unglück hatten wir drei Pultreihen. In der Mitte die einzige Mäd-

chenreihe. Anstatt dass ich mich auf die den Mädchen zuge-
wandte Seite hätte setzen dürfen, wurde ich an die Wandseite
gesetzt. Ja, da sass ich nun ein ganzes Jahr wie auf dem Präsen-
tierteller und schämte mich bei jeder Pause, bei jedem Türöffnen
fast zu Tode, denn jeder, der den Korridor durchlief, sah als erstes mich neben dem Jüngsten vom Friedhof sitzen. Es war Folter
pur. Wenn dann ab und zu die verschiedenen Eltern oder Schul-
kommissionsmitglieder unserer Klasse einen Besuch abstatteten,
sass ich wieder da wie nicht dazugehörend, einfach nur schrecklich peinlich. Ich konnte nie mit einem anderen Kind schwatzen,
abschreiben oder es etwas fragen, denn ich war viel zu scheu,
um mich mit den Knaben zu unterhalten, und von den Mädchen
war ich zu weit entfernt. Noch heute bin ich der festen Überzeu-
gung, dass ich zu mehr Leistung wäre fähig gewesen, wenn jemand meine Probleme hätte sehen und wahrnehmen wollen.

Ich sagte schon, dass wir Kinder beim Tode von Großeltern ein
ganzes Jahr lang schwarze Schürzen tragen mussten. Bei anderen Familien verkürzte man die Trauerzeit nach Gutdünken, je
nachdem, wie traditionsgebunden die Angehörigen waren.

Ich wurde von den Schulkameraden des Öfteren gefoppt, und
als ich schon damit rechnete, diese Kleidung endlich ablegen zu
können, starb der Grossvater mütterlicherseits, und das Trauer-
jahr wurde nochmals verlängert. Heute noch denke ich oft, dass

ein Lehrer nicht nur die Pflicht hat, Schulwissen zu lehren, nein, meines Erachtens müsste er sich wie ein guter Personalchef verhalten. Er sollte das Umfeld und die Gedankengänge seiner Schüler und deren Angehörigen genau kennen, um so seine Zöglinge optimal motivieren zu können. Auch hätte ein guter Lehrer eventuell den Mitschülern erklären können, um was es denn ging. Heute noch werden von der entsprechenden Lehrkraft Hausaufgaben gegeben, die vielleicht nie durchgesehen oder ernsthaft kontrolliert werden. Ich sah zum Beispiel bei meinem Enkel, wie dieser mit Fleiss seine Hausaufgaben machte. Als er nach Hause kam, fragte ich nach, ob die Lehrerin seine mühsam erarbeiteten Zeilen gesehen hatte. Er antwortete „Nein!" Nach zwei Tagen gab es immer noch ein Nein. Mit diesem Verhalten tötet man jede Motivation und nimmt damit auch dem Befehl die Notwendigkeit der Erledigung. Warum nur? Gerade Kinder sind sehr empfindlich. Man will keine Kinder schlagen mit der Hand, aber das sind unsichtbare Schläge, worüber keiner spricht und die deutlich länger in Erinnerung bleiben als ein kurzer Klaps auf den Po. Die Politik und die Behörden haben selten ein gesundes Mittelmass, es gibt für sie nur ein klares Entweder-Oder. Schade, so geht viel Motivation und guter Wille bachab.

Zu meinen täglichen Aufgaben gehörte auch das "Milchbringen", das heisst, ich hatte mittels eines patentverschlossenen Aluminiumkübels und eines grasgrünen, kleinen Handkarrens, die Milch bei der Annahmestelle abzuliefern. Selbstverständlich hatte ich dafür besorgt zu sein, dass Kanne und Karren auch mit mir wieder den Heimweg antraten. Jeden Monat, so um den Zwanzigsten herum, hiess es dann: "Gehe in der grossen Pause das Milchgeld, das Guthaben für die gelieferte Milch, bei der Bank abholen." Weil ich immer Angst hatte, mich zu verspäten, rannte ich, so schnell mich die Füsse trugen zur Sparkasse, um die ausstehenden Guthaben zu erhalten. Dieses Milchgeld wurde von einem älteren Bauern ausgerechnet und auch ausbezahlt. Dieser Bauer war ein recht gesprächiger, neugieriger und sehr gemütlicher Mensch, der nie in Eile zu sein schien. Ich trat ungeduldig von einem Fuss auf den anderen und war dem Verzweifeln nahe, bis endlich meinem Vorgänger und dem Zahlenden der Gesprächsstoff ausging. Jetzt wurde noch die Brille erneut gerade gerückt und alles Büromaterial von links nach rechts oder umgekehrt verschoben, dann erst erhielt ich das erwartete Geld. Im Laufschritt hetzte ich wieder in Richtung Schulzimmer, indem ich noch ganz schnell das erhaltene Geld einigermassen ordentlich in die Taschen stopfte. Ebenso erging es mir ab und zu, wenn ich ausnahmsweise für meinen Grossvater bei der Post Einzahlungen zu erledigen hatte. Einmal verlor ich ein ganzes Zweifrankenstück bei diesen Kommissionen.

Ich war untröstlich. Grossvater hatte völliges Verständnis für dieses Vergehen, nicht so meine Eltern, denn sie schimpften arg mit mir und mahnten mich zu künftig erhöhter Aufmerksamkeit und Sorgfalt. Es dauerte ein Weilchen, bis ich auch sie wieder von meiner sonstigen Zuverlässigkeit überzeugt hatte.

Unsere Jugend wurde trotz allem durch Abwechslung geprägt, sei es durch Arbeit und Spiel, Fröhlichkeit und Ernst. Am Sonntag konnten wir die Eltern oft zu einem Spielnachmittag überreden, welcher am Abend, nach getaner Stallarbeit, selbstverständlich noch eine Weile weiterdauerte. Die ganze Familie sass am Stubentisch und würfelte, zählte, würfelte, bis alle völlig rote Köpfe hatten. "Hütchen-Spiel", "Eile mit Weile" oder "Mikado" verhalfen uns zu diesem Glück. Dazwischen genehmigten wir uns ein Stück Kuchen, und das Spiel wurde fortgesetzt. Eines Tages erklärte der Vater, dass er uns eigentlich das „Jassen" (Schweizerisches Kartenspiel) beibringen könnte. Wie waren wir stolz, als wir mit den Eltern den ersten Jass klopften! Als andere Kinder in der Schule ihr Können in diesem Spiel unter den halbgeöffneten Pultdeckeln probten, glaubten wir an einen Scherz. Natürlich erzählten wir solche Erlebnisse zu Hause, und die Eltern versuchten uns zu erklären, dass es Leute gebe, die meinten, dass solches Tun sündhaft wäre, denn wir gingen natürlich mit Kindern aus Sekten (wie Brüderverein) und ähnlichem zur Schule, und bei diesen war das Jassen eine grosse Sünde. Freilich dürfe man nicht um Geldbeträge spielen, lehrten uns die Eltern, denn so seien früher viele Liegenschaften und Höfe verspielt worden, und ganze Familien wurden dadurch ins Elend gestürzt. Aber nur zum Zeitvertreib zusammen spielen mache Spass und sei bestimmt keine Sünde.-

Manchmal, nach den Turnstunden, wenn wir reichlich durstig waren, brachen wir, ein kleines Grüppchen Schüler, zu einem Besuch in der Mineralquelle auf. Diese Besuche wurden von einer Schulkollegin organisiert, deren Vater in besagter Fabrik sein Brot verdiente. Wenn wir dort aufkreuzten, fragten wir ganz unverfroren nach etwas Trinkbarem oder verlangten den Vater der Kollegin zu sprechen. Die dort arbeitenden Männer kannten uns bereits, und es schlurfte immer etwa jemand in einer langen, braunen Gummischürze herzu, indem er uns auf die angebrochenen Flaschen hinwies. Mir wurde lange Jahre regelmässig schlecht, wenn ich die süsse, kohlensäurehaltige Limonade trank. Aber um nichts in der Welt hätte ich dies zugegeben, nein, ich machte tapfer mit, übergeben konnte ich mich dann immer noch, wenn ich den restlichen Heimweg alleine antrat. Einmal wollte uns der Lehrer die Arbeit rund ums Mineralwasser näher bringen, und er veranstaltete einen offiziellen Besuchs- und Besichtigungstag. Ich kannte eine ledige, alleinstehende Frau, die schon jahrelang in dieser Fabrik arbeitete. Auf Distanz bewunderte ich sie immer, denn sie hatte eine rosige, glatte Haut und fast weissblonde Haare, grüsste aber nur scheu und sprach auch sonst wenig. In meinen Augen vertrat sie den echt vornehmen, damenhaften Typ. Wir besuchten und besichtigten also die Fabrik vom Keller bis zum Estrich, und wie war ich erfreut und erstaunt, als ich die noble Dame am Fliessband vor mir sitzen sah, nur durch eine grosse Fensterscheibe getrennt. Auf ihrem Band zogen Flaschen vorbei, Hunderte, nein Tausende von Flaschen, und sie bewegte kaum den Kopf, blickte starr auf die vorbeihuschenden Flaschen. Jetzt hob sie die Hand und entfernte eine etikettenlose Flasche vom Förderband und blickte wiederum gebannt und konzentriert den vorbeiziehenden Flaschen nach. Ich wurde recht nachdenklich und wusste mit einmal ganz sicher, dass ich nie so „vornehm" werden wollte, denn nur Flaschen zu beaufsichtigen erschien mir nun doch nicht edel und passend genug für eine feine Dame. Am Schluss der Besichtigung konnten wir Fragen stellen, Kekse essen und natürlich wieder einmal Mineralwasser trinken. Nur, meine offenen Fragen waren während der Besichtigung schon beantwortet worden, ohne dass jemand mit mir gesprochen hätte.

Ich backte ebenso gerne allerlei Kuchen, wie ich auch gerne strickte. Natürlich machte man mit meiner blühenden Fantasie keine alltäglichen Kuchen, die zum Stillen der blossen Essenslust gereichten. Nein, es musste schon etwas Spektakuläreres sein und mit einer denkwürdigen Note versehen! Dummerweise hatten alle Familienmitglieder bloss einmal pro Jahr Geburtstag und demzufolge liessen sich keine diesbezüglichen Verse und Sprüche auf einen Kuchen garnieren. Hochzeiten, Taufen oder verschiedene Jubiläen fehlten ebenfalls. Da bei uns zu Hause immer viel Fröhlichkeit Trumpf war und unser Vater einen ausgeprägten Hang zum Humor besass, lieferte er mir sozusagen das verzweifelt gesuchte Stichwort. Es war Frühjahr, und so mussten allerlei bergbäuerliche Arbeiten getan werden. Dazu gehörten Gartenarbeiten, Zäune stellen und reparieren, die Jauche musste ausgefahren werden, und der Mist sollte auf dem brachliegenden Land verteilt werden. Mein Vater kündete bereits Anfangs der Woche die grossen Arbeiten an und sagte: "Morgen haben wir grosses Mist- und Jauchefest." Am kommenden Morgen rückten meine Eltern schon beizeiten aus, um die geplanten Arbeiten in Angriff zu nehmen. Ich hatte mich unterdessen den verschiedenen hausfraulichen Tätigkeiten zu widmen. Selbstverständlich sann ich nach einer Überraschung für die heimkehrenden Eltern. Mir fiel nichts Besseres ein, als einen Kuchen, respektive ein Biscuit zu backen. Da mir, wie schon gesagt, die feierlichen Themen fehlten, griff ich nach ganz Alltäglichem. Auf meinem weissen Zuckerguss hiess es in farbigen Buchstaben: "Zum Mist- und Jauchefest". Als mein Vater die so verzierte Torte sah, konnte er sich ein schallendes Lachen nicht verkneifen. Er meinte: "Zu der momentanen Situation passt deine Verzierung bestens, bloss scheint das Thema nicht ganz auf eine Torte zu gehören." Jedoch schmecken tat sie auch mit diesem etwas absonderlichen Text.

Unsere erste selber gekaufte Schallplatte, eine kleine Single mit dem Lied: "Zwei kleine Italiener" hielt Einzug in unserem Leben. Die Eltern hatten nämlich ein Radio mit eingebautem Plattenspieler aus dem Versandhaus geordert, und Elisabeth und ich leisteten uns unsere Lieblingsplatte mit eben "den kleinen Italienern". Der Junior vom Bäckerladen war ein begeisterter Schallplattenhörer. Da er diese Musik meist ziemlich lautstark spielen liess, kamen wir zu unserem musikalischen Wissen und dem Hörgenuss. Ein grosses Paket mit Radioinhalt wurde einige Tage später durch die Post geliefert. Abends mussten wir uns noch etwas frühzeitiger ins Bett begeben als an normalen Tagen. Wir warteten mit angehaltenem Atem gespannt und auf jedes Geräusch horchend, bis unser Lied, die "kleinen Italiener", erklang, und wir flogen mehr als wir liefen durch den Garten und die Treppe hoch. Neugierig lauschend und staunend standen wir darauf in der Stube und konnten es kaum fassen. Tatsächlich tönten da allerlei Gespräche, Gesänge und Diskussionen aus dem Radio. Dazwischen konnte man ganz einfach umschalten und dann erklangen wieder "die zwei kleinen Italiener", die sich nach Hause sehnten... Wie oft haben wir dieses Lied gespielt, dazu lautstark und oft etwas falsch mitgesungen, mitgefühlt und mitgelitten. Es kam von da an manchmal von unserem abgezweigten Geld eine neue Platte hinzu. Wir bezahlten auch nur Fr.4.50 pro Platte und ab und zu konnte man sich sogar für nur einen Franken ein nicht mehr gefragtes Stück leisten. Fortan entwickelten wir tänzerische Ambitionen, und sobald die Eltern einmal abends bei Bekannten zu Besuch waren, stellten wir unser Können unter Beweis. Toni, unser Bruder hatte die etwas undankbare Aufgabe, gleich mit zwei Schwestern Schritte einzuüben. Eine ungefähre Ahnung erhielten wir von unseren Eltern, denn diese tanzten mit Freuden und Begeisterung einen schönen Walzer oder gar einen flotten Ländler und Muetti für sein Leben gerne einen tollen Foxtrott.

Mein Vater kam gerade direkt aus dem Stall in die Küche marschiert, denn wir wollten das Nachtessen einnehmen. Muetti fragte: "Wie macht's, geht's bald los?" Vater: "Ein, zwei Stunden wird's bestimmt noch dauern." Wir assen gemeinsam das Abendbrot und beeilten uns mit dem Aufräumen der Küche, um uns baldmöglichst alle im Stall einzufinden. Auf bereitgestellten

Strohballen liessen wir uns alle nieder und entfalteten unsere Handarbeiten. Meistens beschäftigten wir uns mit dem Stricken von Socken, dazu plauderten wir allerlei mit dem Vater. Allzu viel Lärm durften wir aber nicht machen, denn sonst wäre das Vieh aufgescheucht worden. Mein Vater verteilte von Zeit zu Zeit das Stroh etwas besser rund um die kalbende Kuh. Die andern Kühe kauten gemütlich wieder, das Schwein grunzte manchmal leise und zufrieden, und die Hühner steckten ihre Köpfe noch tiefer ins Gefieder. Nero blinzelte uns wedelnd zu und döste dann beruhigt weiter. Plötzlich zerplatzte mit glucksendem Geräusch die Wasserblase der Kalbenden und wenig später erschienen zwei Fussspitzen des erwarteten Kälbleins. Mein Vater band nun die Kälberfüsse an einem Hanfstrick fest, und dann begann er ruhig und gleichmässig daran zu ziehen. Wir vergassen für einmal die Strickerei und sahen dem ganzen Geschehen recht neugierig zu. Endlich lag das Neugeborene im frischen Stroh, und die Kuh konnte sich von dieser grossen Anspannung und Anstrengung erholen Das Kälblein wurde mit Stroh trockengerieben und neben die anderen Kälber gelegt. Jetzt wurde ihm noch ein alter Mehlsack übergeworfen, damit es nicht allzu sehr frieren musste. Nun brachte der Vater zwei Stücke Brot, zwei, drei Eier und manchmal sogar eine Flasche Wein zu der erschöpften Kuh und verfütterte diese Leckerbissen. Dieser Imbiss war als Stärkung, aber auch als Dankeschön gedacht, denn wir hatten wiederum Glück im Stall gehabt. Unsere Familienidylle löste sich soweit auf, dass wir uns ab sofort wieder in der Stube aufhielten und den Tieren den Stall überliessen.

Es war an einem Samstagabend, unser Vater hatte eine Kommission zu erledigen, und Muetti wollte sich derweil die Zeit bei einem Schwätzchen mit den Nachbarn vertreiben. Wir Kinder sannen auf Abwechslung und kamen zum Schluss, dass wir uns und Nachbars schon etwas auf das bevorstehende Weihnachtsfest einstimmen könnten. Zuerst wollten und mussten wir uns aber verkleiden, damit auch etwas Stimmung in die Geschichte kam. Elisabeth und ich hängten uns ein altes Leintuch über, und Toni musste einen ausgedienten Militärkittel anziehen. Bei Lichte besehen, waren wir eine Mischung aus Gespenst, zerlumptem Krieger, Flüchtling oder verarmtem Arbeiter. Wir hatten uns folgendermassen abgesprochen: Unser nächtlicher Spaziergang sollte uns zu den Nachbarn führen, wo wir anklopfen wollten, um dann unseren grossen Auftritt mit vorgetragenen Weihnachtsliedern entsprechend festlich zu gestalten. Unser Plan ging leider nur im ersten Drittel auf und dann überstürzten sich die Ereignisse. Wir klopften an die Glasscheibe der Eingangstüre, die Türe öffnete sich, und dann ertönte ein markerschütternder Schrei. Margrith, unsere Nachbarin, taumelte rückwärts in die Stube, wo sie von ihrem Mann gerade noch aufgefangen werden konnte. Dazwischen wurde Muettis vorwurfsvolles Gesicht sichtbar, und wir befanden es für besser, den Ort des Schreckens umgehend zu verlassen. Im Nachhinein ist es schwer zu sagen, welche Seite wohl geschockter war. Wir zitterten und hatten mörderische Angst, dass Frau Margrith jetzt bestimmt sterben würde. Die Bibel, das Kirchengesangbuch und das Neue Testament wurden hervorgeholt, und ich begann zu lesen. Trost wurde uns ob der Leserei keiner zuteil, aber zumindest wurden wir vom Kummer abgelenkt. Wir beteten inbrünstig, dass der Nachbarin aus unserem unbedachten Handeln ja kein Schaden entstehe, und wir versprachen dem Herrgott, alles nur erdenklich Gute zu tun. Endlich meinten wir genug gebüsst zu haben und gingen still und leise ins Bett. Am Morgen folgte dann die noch zu erwartende Strafpredigt der Eltern. Allerdings bekam der Vater plötzlich ein verdächtiges Zucken in den Mundwinkeln, und er versteckte auffällig lange sein Gesicht hinter der grossen Henkeltasse, indem er seinen Kaffee in nur ganz winzigen Schlücklein zu sich nahm. Endlich hatte er sich soweit in der Gewalt, dass er uns mit milder Schelte unser nicht so gut überlegtes Tun erklären konnte, ohne gleich einen Lachkrampf zu bekommen.

Im Anzeiger war zu lesen, dass der Verkehrsverein während der Sportwoche freie Stellen für Kindermädchen vermittle.

Ich meldete mich beim Verkehrsbüro, um Näheres zu erfahren und wurde ans Hotel National verwiesen, wo ich mich bei einer englischen Familie vorstellen sollte. Es handelte sich hier um ein junges Ehepaar, welches sich eine Woche lang intensiv dem Skisport widmen wollte. Ihr kleines Mädchen liessen sie in dieser Zeit gerne in meiner Obhut in der gemieteten kleinen Ferienwohnung, denn das Ehepaar war Gast im Nobelhotel wie auch in der Ferienwohnung. Das Wetter spielte überhaupt nicht mit, statt wunderbarem Pulverschnee gab es Regen, grüne Hänge und reichlich Schneematsch auf den Strassen. Dieses aussergewöhnliche Wetter verhalf mir auch zu mancherlei Unbill. Da das Ehepaar weniger Skifahren gehen konnte, musste ich auch weniger Hütedienst leisten, denn ich wurde pro Stunde bezahlt. Ich ging ja schon immer sehr gerne mit kleinen Kindern spazieren, aber mit dem Regen und dem vielen Schneematsch waren Aktivitäten ausser Haus mit dem mir anvertrauten Baby nicht möglich, und so verlangten dessen Eltern, dass ich mich vorwiegend im Wohnungsinnern aufzuhalten habe. Am Ende meines ersten Arbeitseinsatzes erhielt ich ganze 30 Franken. Dieses Geld wollte ich in ein Paar Après Skischuhe investieren, denn bisher besass ich nur Skischuhe, und so wurde ich des Öfteren von meinen

Schulkolleginnen gehänselt. Endlich konnte ich diesem beleidigenden Umstand abhelfen. Täglich war ich beim billigeren Schuhhaus im Dorf stehengeblieben und betrachtete die vielfältige Auslage. Die meisten der ausgestellten Schuhe schienen meinen finanziellen Möglichkeiten nicht Rechnung zu tragen. Aber halt, was war denn das? Da prangte ein orangefarbenes "Preis-Schock"-Schild in einem grossen Korb mit der wunderbaren Aufschrift: Ab Fr. 27.--. Mein Herz begann wild und unregelmässig zu klopfen, und ich sah mich bereits am Ziel meiner Wünsche. Ich schnappte mir ein Paar weisse Schuhe mit einem kleinen Fellbesatz aus dem Korb und setzte mich im Laden zum Probieren hin. Bravo, die passten ja wie für mich gemacht. Schon stand ich bei der Kasse und plumps..... schlagartig stand ich wieder auf dem nüchternen Boden der Tatsachen. Ich hätte Fr. 47.-- bezahlen sollen. Als ich mit einem kleinen unglücklichen „ja aber... „ auf die angeschriebenen Fr. 27.-- hinwies, musste ich mir erklären lassen, dass... wenn das kleine Wörtchen "ab" nicht wäre, ich wirklich im Recht wäre, aber leider, leider so nicht.

Meine neuen Schuhe rückten wieder in unerreichbare Ferne.

Die Verkäuferin sah meinem Gesicht die Weltuntergangsstimmung an und fragte: "Wieviel hättest du auslegen wollen?" Ich: "Allerhöchstens Fr. 30.--." Sie: "Kein Problem", denn ein einziges Paar war dabei und kostete nur Fr. 27.--. Ich probierte diese

Schuhe an, sie passten, aber die Freude war weg, denn sie gefielen mir nur wegen dem Preis. Gut, es blieb mir nichts anderes übrig, als diese Schuhe zu kaufen, denn schliesslich wollte ich ja die ewigen Spötteleien und Neckereien aus der Welt schaffen. Die Schuhe waren aus weissem Plastik-Material mit einem sehr dünnen Wollfutter und wurden mittels Reissverschluss geschlossen. Obschon ich sooo viel dafür bezahlen musste, hatte ich fortan permanent eiskalte Füsse, bloss hätte ich dies damals nie zugegeben.

Nun, da ich im Brotverdienen auf den Geschmack gekommen war, suchte ich eine neue Gelegenheit, um diese einträgliche Tätigkeit fortsetzen zu können. Was lag wohl näher, als beim Krämer anzufragen? Glücklicherweise wollte dieser einen diesbezüglichen Versuch wagen. Damit auch Elisabeth davon profitieren konnte, wurden wir gleich beide angestellt. Elisabeth musste die Backstube putzen, das heisst alles Geschirr sowie die Maschinen abwaschen und abends den mehlverklebten Holzboden fegen und schrubben. Ich hingegen war für den Laden zuständig, das heisst, dieweil der Bäcker Lauber seine verschiedenen Keller und Estriche aufräumte und entrümpelte, bediente ich die einkaufende Bevölkerung. Die einen bezahlten bar, und die Ware wurde auf der elektrischen Registrierkasse zusammengezählt. Die anderen liessen alles aufschreiben, und ich notierte sämtliche Einkäufe in verschieden farbige Büchlein. Das Verkaufen machte mir sehr grossen Spass, und mein Berufswunsch lief in diese Richtung. Jeden Samstag pünktlich um 13.30 Uhr traten wir unsere Posten an. Ungefähr um 16.00 Uhr durften wir einen Zvieri nehmen. Es gab Süssmost oder Limonade, eine Semmel und einen Landjäger, ein richtiges Schlemmermahl. Anschliessend arbeiteten wir weiter bis 18.30 Uhr, dann musste ich noch Ordnung machen und den Plattenboden aufwaschen. Jetzt erhielten wir unseren Lohn, dieser bestand je aus einer Tafel Schokolade nach Wahl, einem Fünffrankenstück und einigen übriggebliebenen Semmeln oder einem Zopf. Nun machten wir uns glücklich lachend und schwatzend auf den Heimweg. Im Winter, wenn es früh schon einnachtete, sangen wir meistens aus voller Kehle sämtliche Lieder, die wir damals kannten. Das so verdiente Geld sparten wir für grössere Anschaffungen, wie zum Beispiel neue Schuhe und Kleider, denn wir waren nun in einem schnellwachsenden, anspruchsvolleren Alter, und die Eltern waren nicht allzu unglücklich, wenn wir ab und zu mit einem finanziellen Zustupf brillierten.

Mein Hang für allerlei gewöhnliche wie auch für aussergewöhnliche Überraschungen liess mich fortwährend nach etwas Neuem suchen. Der Geburtstag meines Vaters nahte, und wir wollten ihn mit einem Paar schön gestrickter Socken überraschen.

Wir konnten die Socken natürlich nicht gut während des Tages stricken, denn dann wäre es keine Überraschung mehr geworden. Wieder einmal versuchte ich mit meiner ganzen Überredungskunst, dieses Unterfangen auch Elisabeth schmackhaft zu machen. Wolle und Stricknadeln schmuggelten wir bei günstiger Gelegenheit nach unten in unser Zimmer. Jetzt kam der mühsamere und schwierigere Teil dieses Abenteuers. Die Eltern wollten nicht, dass wir das Licht nach dem Zubettgehen noch brennen liessen, auch mussten wir möglichst ruhig sein, also nicht zu laut schwatzen und lachen. Mir machte das Stricken immer viel Spass, nicht so Elisabeth. Die Strickerei war ihr stets ein Ärgernis und ein Graus, ob es nun Tags oder nachts zu geschehen hatte. Wir fingen also an zu stricken und erzählten uns flüsternd lange Fortsetzungsgeschichten. Die Müdigkeit stellte sich aber meistens überfallartig ein, und oft schliefen wir eher ein als uns lieb war. Mit viel Zeit und Mühe nahmen die Fusswärmer Form und Gestalt an. Damit Elisabeth bei Laune blieb, strickte ich mitunter an ihrem Socken. Mir war es damals ein Rätsel, warum unser Vater so grosse Füsse haben musste, und warum er nur Socken tragen konnte, die so riesig lange Rohre hatten. Unser Durchhaltewille machte sich bezahlt, und die mühsam erarbeiteten Strickstücke wurden termingerecht fertig. Die Freude meines Vaters war riesengross, und als er erst noch im Detail über die erschwerten Fabrikationsumstände aufgeklärt wurde, leuchteten seine Augen voller Stolz.

Mein Grossmuetti (Anna Elisabeth die zugleich meine Patin war) versprach mir bei unserem letzten Treffen, dass es uns bald besuchen kommen werde. Ich freute mich sehr, denn mein Herz hing ausserordentlich stark am Grossmuetti, weil es immer mit einer besonderen Zärtlichkeit in der Stimme zu mir sagte: "Vrenelä hier und Vrenelä da." Bei solch lieben Worten schlug mein Herz natürlich mehrfach höher. Statt des Grossmuettis kam aber ein Telefonanruf mit der unseligen Nachricht, dass es einen Schlaganfall erlitten habe. Nur eine knappe Woche später war sein Lebenslicht erloschen. Muetti setzte sich auf den Ofen weinte und schluchzte: „Jetzt habe ich keine Mutter mehr." Für uns Kinder gab es nichts Schlimmeres als Krankheit und Traurigkeit der Eltern. Wir waren jeweils total desorientiert und schutzlos. Muettis Leid war gross und ebenso das meinige. Es wurde über die Beerdigungsfeierlichkeiten gesprochen, die allerdings an der Lenk stattfanden. Mein grösster Kummer bestand derzeit im Organisieren von schwarzen Kleidern und Strümpfen, denn mir schien meine Teilnahme am Begräbnis selbstverständlich. Ich begab mich also auf den Dachboden und suchte schwarze Kleider. Bald wurde ich fündig, vom Pullover über Rock und Strumpf hatte ich alles. Wohlgemerkt, die Betonung liegt auf einem Strumpf. Immer verzweifelter suchte ich dessen Bruder. Ich weinte, ich suchte, ich weinte... Ein trostloses Gefühl bemächtigte sich meiner, und ich glaubte, das Herz müsste mir brechen. Endlich, endlich kam ich auf die Idee, dem Muetti mein übergrosses Leid und meinen Kummer über den nichtgefundenen Strumpf zu klagen. Die Eltern meinten nun, dass sie eigentlich gedachten, mich nicht mitzunehmen, denn sie vermuteten, dass mir die Teilnahme an der Beerdigung grösseren seelischen Schaden zufügen könnte, denn mein Empfinden war sensibler und emotionaler geworden als noch vor einigen Jahren. Mein Kummer und Schmerz ebbte tatsächlich mit der Zeit ab, und ich glaube sogar, dass der damals gefällte Entscheid meiner Eltern seine Richtigkeit hatte.

Es war an einem prächtigen Wintertag.

Die ganze Gegend war tief verschneit und die begehbaren Wege waren leicht vereist. Meine Winterschuhe hatten immer den gleichen Fehler, sie waren nämlich nicht mit ganz rutschfestem Profil versehen. Heute Morgen oblag mir der Gang zur Milchannahmestelle. Ich hängte mir die kleinere "Brente", eine Milchkanne mit Trageriemen, um und war unheimlich stolz, so ausgestattet diesen Auftrag antreten zu können. Munter marschierte ich los und merkte also gleich, dass heute die grösste Kunst im Aufpassen liegen würde. Wie heisst es so schön: Hochmut kommt vor dem Fall - oder hätte es heissen sollen: "Nach dem Fall kommt der Schmerz?" Vorsichtig die Füsse aufsetzen nützte heute überhaupt nichts, denn plötzlich ein kurzes Schwupp und... Ich wollte unbedingt meine kostbare Last an den Ort bringen, also versuchte ich den unaufhaltsamen Sturz mit den Händen aufzufangen und zu bremsen. Der Aufprall für mich war sehr schmerzhaft, von der Milch hatte ich zum Glück nur ganz wenig verschüttet. Mit ordentlich zusammengebissenen Zähnen und ohne jeglichen Stolz quälte ich mich zur Annahmestelle. Meine rechte Hand schmerzte fürchterlich und am Ende wanderte das vormals stolze Bauernmädchen heulend nach Hause. Muetti versuchte es mit wärmender Salbe und mit kühlenden Umschlägen, aber mir schien, dass das richtige Mittel noch nicht erfunden worden war. So meinten wir, dass der Arzt vielleicht ein wahres Wundermittel besitzen könnte. Meine Enttäuschung war riesig, auch der Arzt konnte mir nur einen elastischen Verband anlegen, dazu murmelte er, dass der abgesplitterte Knochen selber wieder anwachsen müsse. Die Schmerzen nahmen dann tatsächlich täglich ein bisschen mehr ab.

Jeden Sonntag kochte Muetti beim Grossvater das Mittagessen. Wir assen anschliessend mit der ganzen Familie bei ihm. Mir schien dieser Aufwand auf einmal ungenügend zu sein, darum fragte ich meine Eltern, ob ich nicht bei Grossvater ab und zu das Abendbrot bereiten könnte. Alle Beteiligten waren einverstanden, und so wurde mein Grossvater bekocht, und ich konnte meine ersten Kochsporen verdienen. Grossvater ass alles, was auf den Tisch kam, und wir hatten manch herzliches Gespräch. Grossvater war ein gescheiter, vielseitig interessierter Mann, der meinen Wissensstand des Öfteren auf eine unerbittlich harte Probe stellte. Einmal fragte er: "Weisst du, wo Müntschemier liegt?" Es wurde gerade darüber im Radio gesprochen. Ich verneinte. Grossvater schüttelte ganz, ganz bedächtig seinen Kopf und meinte: "In Geografie schwach, ja, sehr schwach." Die gnadenlose Grundsatzfrage folgte auf dem Fuss: "Was macht ihr denn überhaupt heutzutage in der Schule, was lernt ihr eigentlich in Geografie?" Ich versuchte zu erklären, mich auch zu rechtfertigen, und zu guter Letzt blieb mir nur noch das halbherzige Geständnis, dass ich eben genau in Geografie tatsächlich keine Leuchte sei. Grossvater und ich hörten noch öfter zusammen die Nachrichten. Er erklärte mir ausserdem viele wichtige und interessante Dinge, die mir noch manch klugen Gedanken auf meinen Lebensweg mitgaben. Das Kochen war eher ein Vorwand als eine Notwendigkeit gewesen, denn die Gesellschaft dieses weisen, ruhigen Mannes war vor allem für mich eine Notwendigkeit!-

Meine regelmässigen und häufigen Angina-Anfälle dienten unserem Hausarzt dazu, mir einen Besuch beim Spezialisten in Thun zu verordnen. Muetti trat die Reise mit mir und Tante Hanneli, der Frau meines Paten, in deren VW-Käfer nach Thun an, wo wir besagten Doktor aufsuchten. Normalerweise wurden die Mandeln bei Kindern ambulant entfernt, und die sofortige Rückkehr nach Hause war möglich. Als der Spezialist meiner ansichtig wurde, hiess es: "Das Mädchen ist zu alt für eine ambulante Behandlung, das heisst, es kann wohl sofort operiert werden, muss aber anschliessend hospitalisiert werden." Wir erschraken sehr, denn mit solcherlei Komplikationen hatten wir nicht gerechnet und waren darauf auch nicht vorbereitet gewesen. Die Operation als solche blieb mir in recht guter Erinnerung, der darauffolgende Spitalaufenthalt stand allerdings auf einem anderen Blatt, in einem anderen Kapitel. Ich wurde dort gleich ins Bett gesteckt, man verabreichte mir ein schmerzstillendes Mittel und packte eine ordentliche Portion Eiskörner in einen Gummibeutel, der mir auf den Hals gelegt wurde. Muetti verabschiedete sich schweren Herzens und ich dämmerte vorerst ins Land der Träume hinüber. Als ich erwachte, erhielt ich etwas lauwarmen Tee und fing leise an zu weinen, weil es mir schien, es würde sich so gehören. Die Halsschmerzen waren schon ein bisschen arg, aber ich hätte sie bestimmt ertragen können. Der eigentliche Schmerz sass viel, viel tiefer und war weiter innen verborgen. Ich hatte richtiges, schreckliches Heimweh. Obschon mir damals der Begriff "Heimweh" noch unbekannt war, konnte es sich nur um diese verzehrende, sehnende Krankheit handeln. Die Krankenschwestern taten ihr Bestes und versuchten, meinen grässlichen Kummer mit dem vielversprechenden Wort „G l a c e" zu heilen, erfolglos. Normalerweise wäre ich als echte Naschkatze vor Freude in die Luft gesprungen beim Wort Glace, aber eben nur normalerweise. Jetzt war alles anders, nichts schien mehr gut und schön, und ich kannte nur einen Gedanken: Möglichst rasch nach Hause zurückkehren. Auch wenn die Zeit sich elastisch dehnte, kam der vierte Tag, mein Abreisetag... Die Eltern holten mich ab, und ich war, obschon noch etwas schwach und klapprig, sehr, sehr glücklich. Bei meinem Eintreffen zu Hause machten sogar die Geschwister fröhliche und glückliche Gesichter, denn sie erzählten von ihrer eingeschränkten Freiheit. Dieweil ich im Spital lag, war es nämlich verboten gewesen, zu laut zu sprechen, gar zu lachen oder etwa Radio zu hören. Mein Vater meinte, dass solch lärmiges Tun sich in diesem Falle nicht gezieme. Mir ging es bald nach meiner Rückkehr wieder blen-dend, und die einfachen Speisen dünkten mich viel himmlischer als etwa "Spital-Glace".

Dass man von Hunden und auch etwa von Katzen gebissen werden kann, weiss jedes Kind. Aber, möchten Sie wissen, wie man es anstellt, dass man von einem Kalb gebissen wird? Wir verbrachten erneut einen recht glücklichen Alpsommer, obschon Muetti sehr, sehr krank war, viel im Bett liegen musste und wir uns mit allerlei hausfraulichen Problemen rumschlugen. Muetti hatte sehr grosse Herzprobleme und die Zeit, wo wir um sein Leben fürchteten, lag noch nicht allzu lange zurück. Offenbar hatten wir noch zu wenig zu tun und wollten uns darum beweisen, dass wir doch fast erwachsen waren. Vom Vater hatten wir gesehen, dass er einer frisch gekalbten Kuh einen kleinen Imbiss verabreichte. Nun gedachten wir, diese Imbissabgabe vorerst bei den grösseren Kälbern, den Maischen, zu üben. Wir klauten einige Scheiben Brot und näherten uns den Tieren. Da ich die Älteste war, oblag der Beweis der Tüchtigkeit zuerst mir. Ich stellte mich, wie beim Vater beobachtet, neben die Maische, öffnete deren Maul und reichte mit meiner Hand voll Brot tief in deren Schlund. Bravo, das hatte ja auf Anhieb funktioniert. Durch den Erfolg mutiger geworden, wurde ich wohl auch unvorsichtiger. Kurze Zeit später: "Au, au,..." das war ich, die da so schrie. Kreidebleich zog ich die schmerzende Hand aus des Tieres Maul und besah den Schaden. Ja, das liebe Vieh hatte gute Arbeit geleistet, denn es biss mir den Mittelfinger durch. Der Knochen wurde glücklicherweise nicht in Mitleidenschaft gezogen, aber das Fleisch. Ich hatte höllische Schmerzen. Muetti war sehr krank und durfte keinerlei Aufregungen haben, aber was sollten wir tun, der Finger blutete immer stärker. Wir nahmen eine Schüssel, gossen Öl mit Johannisblüten hinein und ich versuchte, den Finger zu baden. Die Angst, die Hilflosigkeit und der Schmerz waren zu gross, ich wusste mir nicht mehr zu helfen.

Die Geschwister sassen zitternd neben mir und flüsterten mit strenger Stimme: "Wir müssen doch Muetti rufen und um Rat fragen!" Ich verneinte. Dem Muetti war die unnatürliche Ruhe nicht geheuer und es kam ganz langsam zu uns gewankt.

Es schien zu erschrecken, fasste sich gleich darauf wieder und verarztete mich fachmännisch. Müde und sehr leise redete es uns ins Gewissen, doch nicht immer solche Unbedachtsamkeiten zu verüben. Lehre aus diesem Geschehen: Ebenso wie Hunde- und Katzenbisse heilen auch Kälberbisse.

Ein zusätzlicher freier Schultag wurde uns überraschenderweise zuteil. Dieser spontane Freitag passte meinem Vater gut, ja sehr gut ins Konzept. Er verkündete: "Wir gehen morgen zusammen Gras mähen auf der Voralp." Da hatte ich nicht viel einzuwenden, denn ich war recht unerfahren in solchen Arbeiten. Ein, zwei Mal übte ich das Mähen beim Heuet mit meinem Grossvater, aber sonst... Am nächsten Tag machten wir uns frohgemut auf den Weg, indem wir den Schanzlin mit Werkzeugen beluden, aber auch mit einem Rucksack und etwas Essbarem. Bevor die Sonne recht aufging hatten wir schon einiges Gras gemäht. Diese Arbeit ging mir anfangs recht gut von der Hand, und mein Vater betrachtete mein zügiges Werken nicht ohne Stolz. Je mehr jedoch die Sonne am Himmel hochstieg, desto drückender und schwerer erschien mir die Arbeit. Meine Kräfte erlahmten, und die Arme verwandelten sich in kraftlose Schläuche, die kaum mehr imstande waren, die Sense zu halten. Vater meinte: "Komm, wir wollen Kaffee kochen." Tatsächlich entfachte er ein helles Feuerchen, stellte die dreibeinige Gusspfanne darüber, schöpfte Wasser aus dem nahen Bächlein und setzte etwas Kaffeepulver zu. Schon bald umschmeichelte lieblicher Kaffeeduft verführerisch unsere Nasen. Wir setzten uns mit einem Stück Brot und Käse ins Gras und genossen den heissen, köstlichen Trank, der zwar etwas sandig schmeckte, hatten wir doch kein Kaffeesieb dabei. Was soll's, gut und stärkend war unsere Mahlzeit allemal. Nun ging's mit frischen Kräften und neuem Schwung wieder an die Arbeit. Doch, dieses Mal dauerte es nur gerade eine knappe Stunde, und ich war wieder flügellahm geworden. Ich verspürte nur noch bleischwere, schmerzende Glieder und hatte keinerlei Freude mehr am frisch gemähten Gras. Vater blieb mitten im Werken stehen, schmunzelte und fragte augenzwinkernd: "Müssen wir schon wieder Kaffee kochen?" Ich verneinte und versuchte mich etwas zusammenzureissen, aber ich schaffte es einfach nicht mehr. "Setz dich ruhig ein wenig hin, wir gehen in Bälde nach Hause", meinte Vater. Nur zu gerne gehorchte ich diesem Befehl und war nur zu glücklich, als wir endlich heimwärts fuhren. Zu Hause rühmte Vater beim Muetti meinen Einsatz, und ich ergänzte den Bericht noch mit dem guten Kaffee-Geschichtchen.

In der Nähe unserer Alphütte ernteten wir jeden Sommer auch etwas Heu. Das Gras war mager, dünn und auf ziemlich feuchtem Grund gewachsen. Auf dem ganzen Landstück musste es von Hand mit dem Rechen zusammengebracht werden und beschäftigte uns einen vollen Arbeitstag. Das trockene Heu wurde gesammelt und in ein grosslöchriges „Seiltuch" eingebunden. Anschliessend schleifte Vater das gefüllte „Seiltuch" zum "Finel", um es drinnen wieder auszubreiten. Der "Finel" ist ein Holzschüppchen aus Rundholz, ziemlich niedrig und nicht sehr gross und geräumig.

Wenn es dann tiefer Winter war und bei uns zu Hause das Heu rasant dahinschwand, machte sich mein Vater zu Fuss auf mit seinem grossen Hornschlitten, um von dem dort gelagerten Heu eine Fuhre ins Tal zu holen.

Zum Heuen musste es recht sonnig und warm sein, damit das Gras auch gut trocknet. Am besagten Sommertag rechten wir unablässig am steilen Bord das trockene Heu. Die ersten Blasen an den Händen schmerzten und platzten schliesslich auf. Der Mund war völlig ausgetrocknet, und die Zunge blieb am Gaumen kleben. Über das zu bearbeitende Land führte die Linie des Sessliftes Geils-Hahnenmoospass. Es fuhren Zweiersessel mit fröhlichen, lachenden Touristen aufs Hahnenmoos und dazwischen auch Transportkisten mit allerlei Waren für das Bergrestaurant. Plötzlich hörte ich ein fernes Gläserklirren, welches mir wie hübsche Musik in den Ohren klang. Als ich, dem Geräusch folgend, meine Augen in diese Richtung wandte, gewahrte ich einen Harass mit vollen Mineralwasserflaschen. Auf dem nächsten Transportsessel folgte nochmals eine Harasse und noch eine.... Wieder einmal schickte ich ein Stossgebet mit der dringenden Bitte zum Himmel, dass nur eine aller-einzige Flasche zu uns herunterfallen möge, denn der Lift fuhr nur wenige Meter über unsere Köpfe hinweg. Doch alles Beten nützte nichts, und wieder einmal empfand ich es als grosse Ungerechtigkeit, dass gerade ich hier durstig heuen musste.

An einem späteren Wintertag wollte mein Vater wieder einmal eine Fuhre Heu holen aus besagtem „Finel". Als er beim Aufladen war, sprang plötzlich ein erschrockener Dachs aus dem Heu und voller Angriffslust auf meinen Vater los. Ich kann nicht sagen, ob es Schrecken oder Notwehr war, sicher ist nur, dass der Dachs bei diesem Abenteuer sein Leben lassen musste. Mein Vater brachte also neben einer Fuhre Heu auch gleich einen toten Dachs nach Hause. Da mein Vater oft als „Gelegenheitsmetzger" zu Gange war, wusste er wohl, wie man einem toten Dachs das Fell über die Ohren zog. Essen mussten wir den Dachs nicht, aber... Muetti machte sich zu einem Arztbesuch auf und somit hatte mein Vater die Küche für sich. Er setzte nun das entfernte Dachsfett in einem Topf auf den Herd, um es zu kochen und zu verflüssigen. Das Zeug stank bestialisch! Als ich meinen Vater fragte, was das denn geben solle, antwortete er: „Dachsfett ist ein Heilmittel zum Einreiben gegen alle möglichen Leiden." Ob wir das Zeug jemals zum Salben benutzten, weiss ich nicht mehr, aber dass Muetti keine Begeisterung zeigte für Vaters Aktion, weiss ich sehr wohl. Das Dachsen-Fell wurde irgendwie getrocknet oder tatsächlich zum Gerben gebracht. Auf alle Fälle lag dieses Fell jahrelang bei uns als Vorleger vor dem Sofa.

Bestimmt geht es anderen Menschen auch wie mir. Es gibt Tiere, zu denen man sich unbewusst hingezogen fühlt, und deren Sympathie uns sicher ist. Wir hatten in diesem Sommer eine schneeweisse, gehörnte Milchziege zu betreuen. Ich meldete mich freiwillig, diese Tätigkeit zu übernehmen, denn Ziegen stehen meinem Herzen halt ziemlich nahe. Sie dankte mir die liebevolle Pflege durch eine ausgesprochene Anhänglichkeit. Jeden Vormittag, die Ziege sollte schon längst gemolken sein, aber sie konnte wieder einmal den vielen saftigen, schmackhaften Kräutern nicht widerstehen, musste ich sie rufen. Also stand ich vor dem Stall und fing, gleich einer Ziege, zu meckern an, und tatsächlich hörte ich von Ferne das hellbimmelnde Glöckchen. Die Ziege näherte sich in munteren Sprüngen und gab auf meine Meckerei in ihrer Sprache fröhlich Antwort. Ich freute mich jeweils diebisch, dass es mir gelungen war, sie herbeizulocken. Ab und zu steckte ich ihr auch etwas Brot zu, oder holte ihr Grasbüschel in der Annahme, ihr einen echten Ziegenleckerbissen zu bieten. Am Abend, die Tiere wurden über Nacht ins Freie gelassen, focht ich dann einen richtigen Kampf mit ihr aus. Die Ziege stieg auf die Hinterbeine und schien drohend auf mich zuzukommen. Ich fasste sie bei den Hörnern und zwang sie rückwärts zu gehen. Wir spielten täglich geraume Zeit zusammen, und ich konnte mich oft vor Lachen kaum mehr auf den Beinen halten, denn unsere kämpferische Spielerei mutete gar eigenartig an. Manchmal kam Muetti uns zuschauen, aber nach einiger Zeit entfernte es sich wieder, lachend und kopfschüttelnd.

Im Herbst war ich recht traurig, als die Ziege wieder zu ihrem rechtmässigen Besitzer zurückkehrte. Allerdings erwähnte er, dass die Ziege allerlei Blödsinn im Kopf hätte und er diesen nicht so recht deuten und verstehen könne. Auch scheine es, als vermisse sie mich wirklich.

Früher war es vermehrt Brauch, dass man zu seinen nächsten Nachbarn "zum Abendsitz" ging, das heisst, einem nachbarschaftlichen Schwatz. Aber auch unsere alte Nachbarin kam fast täglich zu uns auf Besuch. Sie war ein ganz einfaches Frauchen, hörte und sah arg schlecht, manchmal roch sie auch etwas streng. Sie trug immer eine Schürze und ein Kopftuch wie die meisten anderen Bauersfrauen auch. Diese zwei Dinge hatten keinen anderen Grund, als Haare und Kleider bei den Arbeiten vor grösserer Verschmutzung zu schützen. Diese Nachbarin sass meistens eine Weile, die sowohl zehn Minuten als auch eine gute halbe Stunde dauern konnte, bei uns in der Küche. Sie sah Muetti bei seinen häuslichen Tätigkeiten zu. Manchmal sagte sie ein, zwei Sätze, aber oft sass sie einfach nur da und erhob sich nach einiger Zeit, um wieder heimzukehren.

Die meisten Leute hatten zu jener Zeit noch gar keinen Fernseher, allerhöchstens ein Radio mit mehr schlechtem als rechtem Empfang. Selbstverständlich wäre niemand auf die Idee gekommen, seinen Besuch vorher anzumelden. Der Besucher nahm eine Flasche Wein, einen Zopf oder einen Kuchen mit auf den Weg, klopfte beim Nachbarn an und wurde ins Haus gebeten. Es konnte allerdings auch sein, dass dort bereits schon Besuch anwesend war. So etwas war für den Neuankömmling ohne Bedeutung, der gesellige Kreis hatte sich einfach um eine Person vergrössert. Man verbrachte den Abend mit dem neuesten Klatsch, mit Erzählungen und allerlei lustigen Sprüchen. Des Öfteren aber wurde ein Spiel gemacht, oder ein ordentlicher Jass geklopft. Im Winter etwa wurde um Baumnüsse gespielt. Wir erhielten fast jeden Samstag Besuch, und dann unterhielten wir uns mit einem zünftigen Jass. Ich durfte mithelfen und entwickelte mich zu einer begeisterten, ja leidenschaftlichen Jass-Spielerin. Wir spielten ungefähr bis Mitternacht, dann wurde im Holzkochherd ein Feuer entfacht, Kaffee gekocht und ein kleiner Imbiss vorgesetzt. Dieser bestand meistens aus Muettis selbstgemachtem Zopf, gehobeltem Bergkäse und süssem, schwarzen Kaffee. Meistens machten sich die Gäste kurze Zeit später auf den Heimweg. Manchmal verabredete man sich bereits für den kommenden Samstag, manchmal wurde aber auch alles dem Zufall überlassen. Bei uns zu Hause wurde der Geselligkeit immer grosse Bedeutung zugemessen. Es kam auch öfter einmal vor, dass plötzlich Besucher vor der Türe standen. Diese scheuten sich nicht, auch wenn sie gerade in ein Mittags- oder Abendessen platzten. So wenig wie die Besucher diesen Umstand gewichteten, so wenig erschraken meine Eltern. Muetti fragte die Ankömmlinge jeweils, ob sie denn schon gegessen hätten. Meist kam die Antwort ohne Scheu, dass dies nicht der Fall war. Muetti lud stets mit den Worten zu Tisch: „Wenn euch das Angebotene genügt, dann setzt euch und esst mit uns." Es wurde ein zusätzliches Gedeck aufgelegt, und wir rutschten ein wenig enger zusammen, damit die Ankömmlinge einen Sitzplatz bekamen. Diese unkomplizierte Gastfreundschaft hat mich immer sehr beeindruckt, denn es wurde kein Theater gemacht, man entschuldigte sich nicht für etwas, was keiner Entschuldigung bedurfte, nein, man rutschte zusammen und teilte sein Mahl. Diese unvorhergesehenen Besuche störten mich höchstens, wenn sie eintrafen, bevor wir mit dem Essen angefangen hatten, denn es war bei uns Sitte, dass wir vor jedem Essen ein Tischgebet sprechen mussten. Alle falteten die Hände und wir Kinder mussten laut unser kurzes Gebet sprechen. Als wir noch in der Unterschule waren, störte mich diese Tischsitte nicht, die leise Scham kam erst mit zunehmenden Jahren.

Heute ist das Leben viel komplizierter geworden, denn kaum jemand traut sich, einfach dazustehen und zu warten, bis es heisst: „Komm, setz dich und iss mit!" Schade, denn dadurch gehen uns wertvolle zwischenmenschliche Gespräche und herzliche Anteilnahme verloren.

Eines Tages, wir waren gerade beim mittäglichen Abwasch, schaute Muetti rein zufällig aus dem Fenster und rief ganz aufgeregt: "Ein Fuchs, ein Fuchs..." Unnötig zu sagen, dass alle Anwesenden fluchtartig ins Freie stürzten. Wir schrien: "Hei, hei, hei," schauten uns überall suchend um, stiegen in jede Nische und guckten in alle Ecken. Da, ein schlotternder, knurrender Fuchs zwängte sich unter dem Motoranhänger durch in die finsterste, hinterste Ecke. Muetti sprach: "Passt auf und kommt zurück, denn mit diesem Tier kann etwas nicht mehr stimmen. Es wäre absolut möglich, dass es sogar tollwütig ist. Am besten wird wohl sein, wenn wir einen Jäger anrufen." Also eilte Muetti zum Telefon, rief einen bekannten Jäger an und schilderte ihm das Vorgefallene. Dieser Mann hielt sich gerade zufällig zu Hause auf und versprach sofort vorbeizukommen. Kurze Zeit später hielt der angekündigte und herbeigewünschte Besucher mit seinem VW-Pick-up vor dem Haus. Er stieg aus und machte sich auf die Suche nach dem kranken Fuchs. Der ausgebildete Jägersmann vermutete auch, dass es sich hier um ein krankes Tier handeln müsse, denn ohne dass ein Fuchs viele hungrige Mäuler sättigen muss, kommt er nicht am helllichten Tag in die Nähe der Menschen, oder zu deren Behausungen. Es wurde entschieden, dass in Gottesnamen getan werden musste, was der Augenblick und die Situation verlangte. Der Weidmann gebot, uns ins Haus zurückzuziehen und holte unter einem alten Mehlsack seine Schrotflinte vom Pick-up herunter. Es knallte. Glücklicherweise mussten wir nicht mitansehen, wie das arme Tier sterben musste. Der getötete Fuchs wurde in den mitgebrachten Futtermehlsack gesteckt, auf das Auto geladen und abtransportiert. Einige Tage später benachrichtigte uns der Jäger, dass der erlegte Fuchs tatsächlich von Tollwut befallen gewesen sei.

Die wohl eindrücklichste und schönste Schulreise meiner ganzen Schulzeit führte uns für zwei Tage von Magglingen auf die St. Petersinsel und durch den Jura. Wir bestiegen an einem prächtig schönen Septembermorgen den bereitstehenden roten Autobus der örtlichen Automobilverkehrs-AG. Am Nachmittag, nach eingehender Besichtigung der Sportanlagen Magglingens, tauchten wir im eisigkalten Sportschwimmbecken ins Nass. Einige Zeit später waren wir dann unterwegs nach der St. Petersinsel, wo wir im Bielersee, dessen Wasser wesentlich wärmer war als in Magglingen, mit einer glutrot untergehenden Sonne um die Wette badeten. Anschliessend wurde das Nachtessen unter freiem Himmel an grossen, langen Tischen im Herbergshof der St. Petersinsel unter riesigen schattenspendenden Bäumen eingenommen. Ich war tief beeindruckt und empfand die laue Luft, den Sternenhimmel und die klösterliche Atmosphäre mit dem satten Grün der alten Bäume als einen Höhepunkt meiner Jugendzeit. Untergebracht waren wir in einem schönen Massenlager. Mit allerlei Schabernack versuchten wir, es uns gemütlich und bequem zu machen. Wahrscheinlich waren wir doch etwas zu laut geworden, denn kurze Zeit später musste uns der Klassenlehrer zur Vernunft bringen. Am darauffolgenden Morgen erhielten wir einen dunkelbraunen, süssen Kakao zum Frühstück. Wohl unnötig zu sagen, dass dieses Mahl wiederum im Herbergsgarten stattfand. Danach wurden wir in den Jura chauffiert, worauf wir uns zu einer herrlichen Fusswanderung über die weiten Jurahöhen aufmachten. Wandern ist sicher schön, bloss sollte man nicht von riesigem Durst gequält werden. Soweit das Auge reichte, sah man nichts als Weiden, Pferde, Zäune - Weiden in grün und immer wieder grün... und der Durst wurde immer grösser und grösser. Endlich ein kleines Dörfchen und, oh Wunder, wir sichteten einen winzigen Krämerladen. Einige Schlucke Wasser hätten unserem Bedürfnis vollauf genügt, aber genau dieser Lebensquell war in dieser Gegend äusserst selten, wenn nicht sogar rationiert. Mit lautem Freudengeschrei stürmten wir den Laden und erstanden eine Flasche "Eptinger". Bis dahin wusste ich noch nichts von dieser Getränkemarke. Es schmeckte köstlich, und endlich erhielt die am Gaumen klebende Zunge ihre volle Beweglichkeit wieder zurück. Gegen Abend trafen wir dann, bereichert von vielen wunderbaren Erlebnissen und Eindrücken, wieder in Adelboden ein. Leider vertrug ich das Reisen sehr schlecht, wahrscheinlich, weil wir dazu bloss alle zwei Jahre einmal Gelegenheit bekamen. Meistens wurde dann das schulreisende Vergnügen auch von mehrmaligem Erbrechen begleitet. Obschon ich mich auf diesen Reisen äusserst elend fühlte, hätte ich sie nicht missen mögen. Abends drehte sich im Bett immer noch die ganze Welt inklusive Sternenhimmel, und dieses Gefühl hielt noch mehrere Tage an und gehörte mit zum eben erst Erlebten.

In der siebenten und achten Klasse hatten wir uns zur Kinderlehre in der Dorfkirche einzufinden und zwar ausnahmslos an jedem Sonntag. Die Kinderlehre fand jeweils vor Predigtanfang statt. Wir hatten hier auch Lieder- und Bibelverse auswendig zu lernen und mussten diese dann auf Geheiss des Pfarrers vortragen. Nach dem Gottesdienst marschierten wir wieder nach Hause. Eines Tages wurde ich von der Besitzerin eines Kaffee-Stübchens gefragt, ob ich nicht Lust hätte, nach der Kinderlehre im soeben neuerbauten Tea-Room am Buffet mitzuhelfen. Dies war doch keine Frage, denn mein Geldbeutel schrie immerzu nach Nahrung. Gleich nach der Kirche eilte ich nun fortan meinem neuen Verdienst entgegen. Vor Arbeitsaufnahme hatte ich mich in der Küche zu melden, um einen gutgefüllten Teller mit Sonntagsbraten, Gemüse und Pommes-Frites entgegenzunehmen. Nachdem ich so richtig satt war, machte ich mich dann an meine Aufgabe. Ungefähr ab 11.00 Uhr stand ich bis 17.00 Uhr unentwegt am Buffet und spülte Geschirr, damals selbstverständlich ohne Abwaschmaschine. Bestimmt wusch ich hundert Mal die gleichen Tassen ab, doch dies störte mich überhaupt nicht, denn die Arbeit machte Spass und wurde erst noch gut bezahlt. Das Arbeitsklima, die Hektik, die Nervosität, wie auch der allgemeine Gasthausbetrieb faszinierten und fesselten mich, und ich fand alles enorm spannend und aufregend. Für mich stand bald einmal fest, dass ich unbedingt einen Beruf erlernen wollte, der mich mit Menschen in Kontakt bringt. Während der nächsten zwei Jahre waren meine Sonntage ausgefüllt mit Kaffeehausatmosphäre. Zu dieser Tea-Room-Besitzerin fällt mir noch folgende Episode ein: Einmal sass dort eine deutsche Familie am Tisch und verlangte nach einem Fondue. Kein Problem hiess es, und nur wenig später verströmte das Vorgesetzte seinen käsigen Duft. Die Deutschen allerdings zuckten vor einer solch streng riechenden Köstlichkeit zurück und merkten an, dass sie eigentlich bei ihrer Bestellung an Fleisch gedacht hätten. Die ziemlich resolute Chefin stand kurzum zornbebend an ihrem Tisch und vermeldete ganz trocken: „ Bei uns wird gegessen, was auf den Tisch kommt. Punkt!" Die Deutschen hatten keine andere Wahl, als dieses Käsefondue zu essen oder aber zu bezahlen und hungrig abzutreten.

Mein Geldbeutel freute sich über die regelmässigen Einkünfte und ich war glücklich, dass alles einen so befriedigenden Gang nahm, und ich weiterhin meinen Eltern einen kleinen Zuschuss geben konnte für verschiedene Kleideranschaffungen.

Jährlich ein-/zweimal, wenn ein Huhn Anzeichen gab, dass es gewillt sei, einige Eier auszubrüten, musste ich mich aufmachen und bei bekannten Hühnerhaltern befruchtete Eier holen. Die Eier wurden bezahlt, oder in der Regel eins zu eins mit unbefruchteten Eiern getauscht. Muetti setzte nun das Huhn, je nach Grösse desselben, auf acht bis zwölf befruchtete Eier. Das Huhn verliess fortan sein Nest nur noch einmal täglich, um sich die Beine zu vertreten, oder sich kurz der Nahrungsaufnahme zu widmen. Nach ungefähr 3 Wochen hörten wir ein feines Piepsen, Klopfen oder Knacken und es entstand ein Löchlein in der Eierschale, wo sich ein Küken-Schnäbelchen hindurchzwängte. Manchmal spielte das Huhn selber die Geburtshelferin, aber meistens halfen wir, indem wir sanft und in ganz winzigen Splittern die aufgebrochene Schale Stück für Stück entfernten. Am Anfang fehlte den frisch ausgeschlüpften Küken noch das nötige Gleichgewicht, doch meistens gingen sie schon bald und hurtig, mit zwar etwas unbeholfenen Flügelschlägen, ihrem Hühnerleben entgegen. Feststellbar war, dass die grössten und frechsten Schreihälse sich mit zunehmendem Grösserwerden bestimmt als männliche Wesen, nämlich als Hähne, entpuppten. Nun, diese Hähne dienten selten zum Weiterzüchten, denn sie waren schon bei ihrer Geburt für den Kochtopf bestimmt. Also wurden die jungen gefiederten Herren gut gefüttert, um dann eines Tages bei genügendem Gewicht enthauptet zu werden. Wir assen alle gerne Fleisch, aber am liebsten wäre es uns gewesen, wenn wir nichts über dessen Herkunft gewusst hätten. Eines Tages, Muetti hatte mehrere Besorgungen zu erledigen, war Schlachttag angesagt. Ich erhielt von meinem Vater den Auftrag, die gemästeten Gockel einzufangen und ihm zu überreichen. Mein Vater wusste sehr wohl, dass mir die Tiere leid taten, und darum schlossen wir zusammen ein einigermassen passables Abkommen. Ich überbrachte ihm jeweils einen jungen Hahn und eilte dann davon. Erst wenn ich ausser Hör- und Sichtweite war, wurde der Gockel geköpft. Ich hatte Mühe, mit meinem Entsetzen fertig zu werden, und doch sah ich den Sinn dieser Fleischbeschaffung ein, allerdings konnte ich in den nächsten Tagen kein Fleisch mehr essen. Bestimmt machte meinem Vater solche Arbeit auch keine Freude, sie war jedoch für einen Bergbauern unumgänglich.

Ich war immer für verschiedene Aktivitäten zu haben und suchte, meistens gemeinsam mit meinen Geschwistern, nach Ab-
wechslungen. Marschieren und wandern tat ich schon immer
gerne, und darum versuchte ich, bei Elisabeth ein kleines, be-
geistertes Wanderecho zu erwirken. Allerdings schien ich vorerst auf taube Ohren zu stossen, doch ich fügte allerlei farbige
Erlebnisse, geschmückt mit wunderbaren Alpenblumen und
einem herrlich schmeckenden Picknick zusammen, bis Elisabeth
fand, dass wir unbedingt einen kleineren Wanderbummel machen müssten. Wir packten den Rucksack mit Essbarem und
einem Regenschutz, dann ging es los. In flachem Gelände kamen
wir ganz ordentlich voran, aber schon bald ging es etwas auf-
wärts, und da begannen die Qualen und das grosse Schwitzen.
Ich erzählte Geschichten, trug sogar den Rucksack der Schwester, lobte, tadelte, ermutigte und schimpfte in beständig wech-
selnder Form. Trotz allem kamen wir stetig, wenn auch recht
langsam vorwärts. Wir hatten uns fest vorgenommen, das anvi-
sierte Ziel, die Bonderspitze, zu erreichen, doch meine Hoffnun-
gen schwanden mit jedem Meter, denn meine Schwester
schleppte sich mehr bergan, als dass sie marschierte.... Unter
Aufbietung sämtlicher schwesterlicher Gefühle und der ganzen
jugendlichen Überredungskunst zog und zerrte ich meine Wan-
dergenossin unserem gemeinsamen Ziel entgegen. Endlich, end-

lich waren wir oben. Die Aussicht war himmlisch und das Gefühl, gesiegt zu haben, bemächtigte sich unser. Jetzt wollten wir uns tüchtig stärken und entnahmen daher unserem Rucksack das mitgebrachte Brot und den Käse. Elisabeth fand, dass eigentlich gebratener Käse wesentlich besser schmecken müsste. Wir suchten daher Holz, fanden aber nur ganz wenige kleine Ästchen, denn die Baumgrenze lag ziemlich weit unter uns, aber zum Käsebraten reichten sie allemal. Als der Käse in der Hitze schmorte und überflüssiges Fett daraus tropfte, meinte Elisabeth schadenfroh: "So, der soll jetzt nur auch etwas schwitzen, schliesslich musste ich dies viel länger tun."

Jede Woche gab es einen ganzen Tag Kochschule mit Theorie und selbstgemachtem Essen. Ein Mädchen kochte die Suppe, ein anderes bereitete das Dessert, das dritte sorgte für Gemüse und Salat und das vierte für Beilagen oder Fleisch. Das Kochen gefiel mir ausserordentlich gut, ebenso auch die Theorien über Vitamine und Ernährungslehre. Beim gemütlichen Teil des Tages, nämlich beim gemeinsamen Mittagessen, fing meine Leidenszeit dann aber an. Ja, warum eigentlich, denn das Essen war vorzüglich und äusserst bekömmlich, aber... Wir waren in vier Gruppen zu je vier Mädchen eingeteilt und sassen auch zu viert an unseren Mittagstischen. Ich wollte möglichst schön und gepflegt essen, mich auf keinen Fall blamieren und die vorhandenen Bestecke gekonnt einsetzen. Mit diesen, mir selber auferlegten Aufgaben war ich sehr konzentriert beschäftigt. Dazu allgemeine Tischkonversation machen kam für mich niemals in Frage, denn da fühlte ich mich überfordert. Ich war eben sehr scheu und hatte kein bisschen Selbstbewusstsein, denn wir waren arme Leute, und diese Armut und dieses andere Aussehen in punkto Kleider und Gewohnheiten steckten mir tief in den Knochen. Unglücklich , nein, das war ich nicht, denn ich wusste sehr genau, dass ich super liebe und humorvolle Eltern hatte, aber das wussten meine Kameradinnen ja nicht, die konnten mich nur nach meinem Auftreten beurteilen. Also suchte ich mich mit einem kleinen Kompromiss zu retten. Ich legte mir immer nur eine sehr kleine Portion auf den Teller und kam auch niemals in Versuchung, mich noch ein zweites Mal zu bedienen. Ich litt aus obgenannten Gründen seelische Höllenqualen während dieser Mittagessen. Beim Abwaschen und Aufräumen konnte ich mich dann wieder entspannen. Endlich, endlich konnten wir nach Hause gehen. Mein erster Gang daheim ging jeweils spontan in Richtung Vorratskammer, wo ich meinen ungestillten Hunger gründlich befriedigte. Muetti wunderte sich bestimmt des Öfteren, warum ich nach einem eben erst gehabten Essen einen solchen Heisshunger hatte. Unter den neuerworbenen Kenntnissen litt manchmal auch mein Vater, denn er wurde das beliebteste

Testopfer meines Könnens. Sein jeweiliger Kommentar: "Aha, es gibt wieder ein Kochschulmenü. Mmh.. ja, du musst noch ziemlich üben, wenn du annähernd in die Fussstapfen deiner Mutter treten willst." So liebevoll gesprochene, nicht allzu ernst gemeinte Kritik, spornte mich nur zu noch mehr Eifer an.

Die Sekundarschulferien lagen ausserhalb der Alp-Zeit, und so musste ich mich halt mit einem zweistündigen Schulweg abfinden. Meine Eltern besassen mittlerweile ein Mofa, welches ich für meinen langen Schulweg benutzen durfte. Bei schönem Wetter machte dieser Schulweg noch recht viel Spass, obschon die Schule mehrheitlich bereits um sieben Uhr begann. Bei Regenwetter verwünschte ich aber jeden einzelnen Regentropfen, denn mit dem ungenügenden Regenzeug war ich leider nur notdürftig geschützt. Mein zweifelhaftes "Vergnügen" gipfelte dann im Tragen von durchnässter, feuchter Kleidung während des ganzen langen Schultages. Es handelte sich im Frühjahr ungefähr um vier Wochen und im Herbst um zwei Wochen, während denen der weite Schulweg unter die Räder genommen werden musste. Nebst dieser unliebsamen Wegverlängerung hätte ich mich intensiver mit meiner Berufswahl auseinandersetzen müssen. Zu diesem Thema fielen mir im Moment nur die unmöglichsten Berufswünsche ein, und damit verursachte ich meinen Eltern allerhand Kopfzerbrechen. Ich äusserte die Wünsche,

Bäuerin, Sennerin, Holzfällerin oder „Chauffeuse" zu werden und erntete damit bei den Eltern mehrmals ein verständnisloses Kopfschütteln. Ich zermarterte mir den Kopf nach etwas "Brauchbarerem," konnte aber ausser noch mehr Unsinn nichts Gängigeres finden. Mit diesen eher ausgefallenen und komischen Interessen wollte ich mich nicht einmal lustig machen, sondern sie waren eher die typischen Anzeichen der beginnenden pubertären Phase meines Lebens. Meine Eltern verhielten sich grossartig. Anstatt mit vielen Lamentos alles zu verschlimmern, schlugen sie mir den einzig gangbaren Kompromiss vor, nämlich zuerst ein Welschland-Jahr zu absolvieren, damit der Starrkopf wieder in die Normalität zurückfinden könnte. Im darauf folgenden Frühjahr war es dann soweit. Nach den Konfirmationsfeierlichkeiten hiess es: "Los, packe deinen Koffer!" Bereits am Ostermontag trat ich die Reise in die Erwachsenenwelt mit etwas mehr als 15 Jahren an. -

Kapitel 4:

Da bin ich

Als geschiedene junge Frau mit zwei pubertierenden Kindern an
der Seite musste ich mich strecken, damit wir finanziell über die
Runden kamen. Ich war voll berufstätig und die spärliche Frei-
zeit gehörte meinen Kindern. Zudem war ich verletzt und enttäuscht, dass meine Beziehung Schiffbruch erlitten hatte. Für
eine neue Partnersuche kamen all diese Punkte erschwerend
zum Tragen. Es gab ab und zu einen netten Verkupplungsver-
such aus dem Verwandten- und Bekanntenkreis, aber es blieb
beim Versuch. Meine kleine Schwester nahm mich wieder einmal ins Gebet und sie redete mir zu, doch auch mal unter Leute
zu gehen, oder „glaubst du allen Ernstes, dass jemand an deiner
Türe klingelt und sagt: `Da bin ich`." „Ja, das glaube ich, denn
wenn jemandem etwas an mir liegt, dann wird er mich bestimmt
finden." Meine Schwester schüttelte verständnislos den Kopf
und brummte so ähnliches wie: „Dir ist nicht zu helfen."
Es gingen ein paar Jährchen ins Land, die ich zwar nicht mit
Asche auf dem Haupt verbrachte, aber dennoch solo blieb. Gerade hatten mich meine Kinder wieder einmal bedrängt, dass
wir uns doch einen gemütlichen Abend vor dem Fernseher ma-

chen könnten. Mein entsetztes Aufseufzen half dieses Mal gar nicht, denn ich wurde dermassen mit fröhlichen Kommentaren überschüttet und mit hoffnungsvollen Augenpaaren angeblickt, dass ich schlussendlich mein Einverständnis zum gemütlichen Fernsehabend gab. Wir setzten uns also aufs kleine, braune Sofa. Ich musste den Platz in der Mitte einnehmen, damit Sohn und Tochter meine Nähe gleichermassen geniessen konnten. Kaum hatte der Film begonnen, klingelte es an unserer Wohnungstüre. Alle Drei erhoben wir uns neugierig, um gemeinsam nach dem unangemeldeten Besucher zu schauen. Türe auf, und ich stammelte ein halblautes, unsicheres „Grüss Gott". Vor mir stand ein hübscher Mann in schwarzen Cordhosen und schwarzem Hemd, der mich fröhlich angrinste und sagte: „Salut, erkennst du mich nicht mehr?" Ich war immer noch ganz von den Socken und konnte ihn nirgendwo einreihen. „Erinnerst du dich nicht mehr, ich versuchte mal, bei euch den alten, Schwarzweiss-Fernseher zu reparieren?" „Oh, dann bist du ja Ruedi, komm doch bitte rein ins Wohnzimmer!", bat ich ihn scheu. Meine beiden Kinder grinsten von einem Ohr zum anderen und schienen den Fernsehabend völlig vergessen zu haben, denn hier gab es deutlich interessanteres zu sehen und zu hören. Wir setzten uns alle an den Tisch. Nachdem ich eine Flasche Wein hervorgeholt hatte, prosteten Ruedi und ich uns zu, indem er meinte, dass es sicher nie mehr Jahre dauern werde, bis wir uns wiedersehen würden. Für die Kinder war nun bald einmal Schlafenszeit und so konnten wir beide uns in Ruhe unterhalten. Vor einigen Jahren, als unser Fernseher den Geist aufgegeben hatte, kam Ruedi des Öfteren ins Restaurant, wo ich arbeitete. Wir konnten uns immer wunderbar unterhalten, aber mehr gab es da nicht zwischen uns. Er lebte mit einer Partnerin zusammen und ich war gerade geschieden und so lala liiert mit einem Hallodri, der als Mensch nicht viel taugte. Und jetzt sass Ruedi in unserem Wohnzimmer, und wir konnten unsere interessanten Gespräche fortsetzen. Mein Herz schlug eindeutig höher, denn wir waren beide nun ungebunden und wir mochten uns immer noch. Es kam, wie Ruedi beim Anstossen versprochen hatte, wir sahen uns ab da oft und regelmässig. Als ich seinen Familiennamen vernahm, wurde mir ganz eng in der Brust, denn meine Grossmutter mütterlicherseits hatte den gleichen Mädchennamen wie mein Ruedi. Diese Grossmutter war für mich etwas ganz Besonderes. Wir wohnten in Adelboden und meine Grossmutter an der Lenk. Beide Seiten hatten wir keinen Telefonanschluss. Wenn meine Mutter sich mit ihrer Mutter unterhalten wollte, was vielleicht zwei-, dreimal pro Jahr der Fall war, mussten sich die beiden Frauen absprechen und beim Nachbarn telefonieren gehen. Sie schrieben sich ab und zu auch mal einen Brief. Allerdings waren beide Frauen mit viel Arbeit eingedeckt, sodass kaum Zeit blieb, um zu schreiben. Zu dieser Zeit war es in Adelboden der Brauch, dass die Grosseltern beim ersten Kind auch Paten wurden. Diese Grossmutter wurde also auch meine Patin. Das Besondere waren nun nicht etwa grosszügige Geschenke, nein, für solche fehlte das nötige Geld, aber... Es sagte mir nie jemand so schön und liebevoll meinen Vornamen wie eben diese Grossmutter. Sie rief mich „Vrenela". Dieser Ruf erschien mir immer wie ein süsses Karamellbonbon und ich liebte sie darum von ganzem Herzen. Diese Grossmutter war im Unterland aufgewachsen und sie hatte so ein paar Ausdrücke und Redewendungen in ihrem Wortschatz, mit welchen sie mein Herz zum Schmelzen brachte. Allerdings war es mehr als erstaunlich, dass sie einen so liebevollen Umgang pflegen konnte, denn sie war ein Verdingkind gewesen. Ihre Geschwister kannte sie nur zum Teil, denn oft hörte ich sie vom Jüngsten, einem kleinen Bruder, dem Albert sprechen, welchen sie nie mehr gesehen hatte. Heute wären ja Nachforschungen deutlich einfacher, denn man hat Internet und alle möglichen Hilfswerke, die einen bei einer Suche unterstützen könnten. Aber warum hatten sich die Geschwister überhaupt aus den Augen verloren?

Nachdem mir Ruedi seinen Familiennamen nannte und dabei bei mir viele kleine Glöckchen klingelten, fragte ich nach seinem

Heimatort. Trachselwald, war seine klare Antwort. In meinem Inneren veranstalteten Freude, Angst und Ungewissheit einen Riesenwirbel. Auch der Ortsname Trachselwald war in meiner Phantasie so etwas Karamelliertes. Ruedi machte sich wenig später wieder auf den Heimweg, und ich suchte in grösster Nervosität die Telefonnummer des Zivilstandsamtes von Trachselwald raus. Ich rief am nächsten Morgen gleich an. Zum Glück traf ich für einmal auf einen älteren, sehr verständnisvollen Beamten, dem ich meine Fragen stellen und ihm die grosse Wichtigkeit seiner Antwort klarmachen konnte. Er spürte offenbar, dass man hier einmal unbürokratisch vorgehen musste. Einen Augenblick Wartezeit erbat er von mir, dann... „Ja ich vermute stark, dass es sich bei Ruedis Vater um den verschollenen Albert, also den Bruder Ihrer Grossmutter handelt." Er las mir die beiden nachstehenden Protokolle und einen Registerauszug vor. Ich bat ihn, mir diese doch zuzusenden. Er versprach es, und schon zwei Tage später hielt ich die Dokumente in Händen. Ich war überglücklich und zeigte Ruedi bei seinem nächsten Besuch, was ich da gerade herausgefunden hatte. Er staunte still und leise, wie er es in vielen späteren Jahren auch tat, wenn ich ihn mit etwas Unvorhergesehenem überraschte.

Leider waren Ruedis Vater ebenso wie meine Grosseltern bereits gestorben und konnten sich nicht mehr auf ein Wiedersehen freuen. Ich war zwar etwas erstaunt über den Inhalt dieser Protokolle und besprach sie mehrmals mit meinem Vater. Mein Vater war immer ein weltoffener Mann gewesen, der sich für alles interessierte und sich dazu mit gesundem Menschenverstand äusserte. Er beschwichtigte mich mit kurzen präzisen Sätzen dahingehend, dass man eben früher mit armen Leuten meist nicht so gerecht verfahren sei. Jemand, der arm war und eine geringe Schulbildung hatte, wurde meistens zum Sündenbock gestempelt.

Aber warum elektrisierten mich denn diese Protokolle so sehr?

Während meiner Kinderzeit hörte ich manchmal so gemurmelte Sätze wie „nach Amerika gegangen" und ähnliches mehr. Auch als sehr neugieriges Kind konnte ich nie mehr in Erfahrung bringen. Ich kann mich erinnern, dass ich irgendwo mal ein uraltes Foto gesehen hatte und es hiess: „Das war der Amerika-Grossvater." Es war mein Urgrossvater. Später, nach meiner Schulzeit, als ich mich zu Berufswahlwünschen äussern sollte und ich mich fürs Gastgewerbe aussprach, wurde mir dieser Wunsch vehement ausgeredet, denn es hiess: „Du könntest dem Amerika Grossvater nachschlagen und deshalb ist das unstete Leben im Gastgewerbe nichts für dich.

Ruedis Vater Albert und meine Grossmutter Anna Elisabeth waren Geschwister, also die Kinder des Amerika Grossvaters.

Somit war dieser mein Urgrossvater und Ruedis Grossvater. Ruedi und ich waren Cou-Cousins. Ich hatte ein Gefühl, als wäre ich endlich zu einem Ganzen geworden. Der Kreis hatte sich hiermit geschlossen und ich vermeinte zu spüren, dass nun die Verstorbenen in Frieden ruhen könnten.

Nachfolgend die beiden Protokolle, die mich verwirrten und dennoch freuten, aber mich im gleichen Masse traurig und nachdenklich stimmten.

Protokoll vom 30. Januar 1900, Seite 401/21/22

Eheleute Aeschbacher-Biedermann Albert und Elisa, geb. 1870, von Trachselwald,
wohnhaft gewesen in der sogenannten Knallhütte

401/8 Wegen Brandstiftung, begangen an der sogenannten Knallhütte im Neuweyer,
befinden sich seit 14 Tagen in Untersuchungshaft:
die Eheleute Albert Aeschbacher, Friedrich, von Trachselwald, geb. 1870,
Schreiner, und Elisa geb. Biedermann, geb. 1870, wohnhaft gewesen in der
sogenannten Knallhütte.
Dem Vernehmen nach sind die beiden Angeklagten schuldig und werden vor-
aussichtlich eine längere Strafe zu gewärtigen haben.
Die Eheleute Aeschbacher haben 4 kleine Kinder, die vorläufig bei Polizeidiener Weber untergebracht wurden. Diese Versorgung wird nachträglich genehmigt und das Büro ermächtigt, die 4 Kinder definitiv zu verkostgelden.

421/8 Durch das Büro wurden verkostgeldet:
a) Albert Aeschbacher, geb. 1898, bei Anna Maria Schütz, geb. Oppliger,
Ehefrau auf dem Kipf zu Heimiswil, vom 27.04.1900 an um ein monat-
liches Kostgeld von Fr. 12.--

b) Johann Friedrich Aeschbacher, geb. 1896, bei Elisabeth Steiner, geb.
Boss, Ehefrau in Wiggis, bei Gaffner, Gemeinde Wattenwil, vom 12.04.
1900 an um ein jährliches Pflegegeld von Fr. 110.--

c) Anna Elisabeth Aeschbacher, Schwester der Obgenannten, geb. 1895,
Johann Weber, Polizeidiener in Burgdorf, vom 1. Mai 1900 an um ein
jährliches Pflegegeld von Fr. 120.--

d) Rosa Aeschbacher, ebenfalls Schwester der 3 vorgenannten Kinder, geb.
1893, bei Catharina Schürch, geb. Stalder, Negotiantin in Aefligen, vom
1. Mai 1900 an um ein jährliches Pflegegeld von Fr. 100.--

Diesen Pflegeverträgen wurde nachträglich zugestimmt.

Die Eltern der Kinder Aeschbacher, Eheleute Aeschbacher-Biedermann kamen
letzter Tage wegen Brandstiftung vor die Schranken der Asissen. Eine Beur-
teilung der Angelegenheit hat nicht stattgefunden.
Aeschbachers wurden vorläufig zwar auf freien Fuss gesetzt und Frau Aeschbacher geb. Biedermann zur psychiatrischen Beobachtung und Untersuchung in
der Irrenanstalt Münsingen untergebracht.
Herr Aeschbacher hat sich seither verpflichtet, an die Pflegekosten seiner
Kinder monatliche Beiträge von Fr. 30.-- zu leisten.

19

Protokoll 1901, Seiten 17/58/118/179/193/226/254/259/290/301/ 311/423/440

Aeschbacher Albert, 23.12.1898 in Pflege bei Frau Anna Maria Schütz, geb. Oppliger, in der Kipf zu Heimiswil, Kostgeld Fr. 144,--

Mutter wegen Brandstiftung in der Strafanstalt, Vater leistet der Spendkasse für 3 Kinder Beiträge.

58 Vom Sekretär wird vorgelegt eine Abrechnung betr. die Eheleute Aeschbacher- Biedermann. Die daherigen Einnahmen betragen:

a)	Erlös für 1 Ziege und 1 Zicklein	Fr. 20.--
b)	Erbteil vom früheren Schwiegervater	Fr. 113,--
c)	Erlös aus Kartoffeln	Fr. 5.50
d)	Effektenerlös	Fr. 23.60
	Total	Fr. 182.10

Die Abrechnung wird genehmigt am 8. Oktober, nachdem die Summe als Rückerstattung verrechnet worden ist.

Die Eheleute Aeschbacher kamen vor die Asissen, wo Frau Aeschbacher schuldig erklärt wurde der Brandstiftung und zu 3 Jahren Zuchthaus verurteilt und der Ehemann Albert Aeschbacher erhielt wegen Betrugsunfug und Ehrverletzung 20 Tage Gefängnis.

Die Kinder bleiben also an Rechnung der Spendkasse verkostgeldet. Der Ehemann hat sich verpflichtet, monatliche Beiträge zu leisten von Fr. 30.--

11 Pol. Diener Weber konnte sein Pflegekind Anna nicht lange in Pflege behalten. Dasselbe wurde hierauf bei Catharina Schürch, geb. Stalder, Neootrantin in Aefligen untergebracht. Dem daherigen Pflegevertrag wurde die Genehmigung erteilt. Beginn der Pflege am 1. Mai 1901. Kostgeld Fr. 120.-- pro Jahr.

Beide Mädchen waren nun bei Frau Schürch in Aefligen und wurden ins Etat der dauernd Unterstützten aufgenommen, da die Eltern beide unbekannten Aufenthaltes waren.

Vermerk im Wohnsitzregister 8/98: Angeblich in USA seit 1901

Letzthin erst konnte mir eine Kusine sagen, dass sie von ihrer kürzlich verstorbenen Mutter die Mitteilung erhalten habe, dass der Amerika-Urgrossvater mit Frau und zwei neuen Kindern bei einem Kutschenunfall auf dem Weg zur Kirche umgekommen sei. Ich muss es glauben, denn Leute in Amerika suchen würde vermutlich dem Suchen einer Nadel im Heuhaufen gleichen und die anfallenden Kosten sprengten bestimmt mein Budget um etliches.

Kapitel 5:

Vom Ich zum Wir

Nun also begann unser gemeinsames Leben nachdem Ruedi der Verdingbub, so unvermittelt beim Glückskind der Vrenela am Stubentisch sass. Die guten Gespräche gingen nach Jahren weiter und wir mochten uns immer noch. Wir waren entschlossen, unser Leben künftig gemeinsam zu verbringen, denn schliesslich waren wir beide über 40 Jahre alt. Am guten Willen fehlte es nicht, aber durch die sehr unterschiedlichen Vorgeschichten wurde die Gemeinsamkeit zur grossen Herausforderung. Ruedi hatte nie ein friedliches Familienleben, Geborgenheit und Elternliebe erfahren, was konnte er nun also weitergeben? Ich war mit viel Liebe, Respekt und Geborgenheit aufgewachsen und setzte dies als Selbstverständlichkeit und Norm für alle Menschen voraus. Wir wurstelten uns mal besser mal schlechter so durch. Als erstes verbrachten wir einen gemeinsamen Urlaub in Südfrankreich. Es gefiel uns beiden gleichermassen gut und so fingen wir gleich nach unserer Heimkehr an zu träumen und spintisieren, ob man denn wohl eine Möglichkeit hätte, ein möglichst billiges französisches Objekt zu erwerben. Ich schaute mich in verschiedenen Zeitungen danach um, denn schliesslich fiel mir das Lesen, Planen und Rechnen etwas leichter als Ruedi. Ihm wurde ja immer eingeredet, dass man hart arbeiten können müsse, und alles Schriftliche sei nicht wichtig. Er sprach am Anfang nie über seine Vergangenheit und sein Leben als Verdingbub. Einmal, es drehte sich das Gespräch um das baldige Weihnachtsfest, fing er unbeholfen an zu erzählen, dass er sich stets so sehr eine Tafel Schokolade gewünscht hatte, aber man ihn immer mit einem Hemd beschenkte. Er erzählte alles in so dürren Worten, dass es mir fast das Herz brach. Damals habe ich mir geschworen, dass ich alles nur Erdenkliche tun werde, um ihn langsam an ein liebevolleres Leben zu gewöhnen. Aber ich konnte da noch nicht ahnen, was das heissen würde. Es war Schwerstarbeit und immer, wenn ich überzeugt war, dass wir nun beide verstehen würden, um was es denn nun wirklich ging, kam eine befremdliche Reaktion des Gegenübers. Bei unseren Gesprächen kann ich auch heute immer wieder feststellen, dass Ruedi einen sehr, sehr ausgeprägten Gerechtigkeitssinn hat und seine Toleranzschwelle kaum bemerkbar ist. In unserer Anfangszeit tat ich mich mit allem schwerer. Heute versuche ich immer wieder, sein Verhalten zu verstehen und auch zu entschuldigen, denn ich weiss, dass es ja keine böse Absicht von ihm ist, sondern dass es die gemachten schlechten Erfahrungen sind, die ihn so prägten. Für mich gibt es kaum etwas Schöneres, als jemandem etwas zu schenken. Wenn sich eine Person mit einem Wunsch äussert, versuche ich diesen an einem Geburtstag oder zu Weihnachten zu erfüllen. Bei Ruedi allerdings biss ich auf Granit. Ich konnte mir noch so viele Mühe machen, um etwas Passendes zu finden, es passte nie. Er zeigte auch nie wirklich Freude an einem Geschenk. Lange Zeit konnte ich diese Freudlosigkeit nicht enträtseln. Erst kürzlich erzählte mir Ruedi, dass er es nicht gewohnt war, ein Geschenk zu erhalten, und dass diese Gaben ihn irgendwie ratlos machen und überfordern würden. Er meinte, dass es am Anfang extrem schwierig gewesen, aber nun so langsam etwas besser geworden sei. Aber trotzdem verunsichere ihn das Beschenkt werden immer noch sehr, denn irgendwie müsste man sich ja auch bedanken, und das scheine ihm oft, als würde er sich in eine Abhängigkeit begeben. Ich kann mittlerweile sein Verhalten besser verstehen, denn wenn man immer eingeredet bekommt, dass man für alltägliche Dinge wie Essen und einfache Bekleidung sich dankbar zu zeigen hat und zudem als wertloser Mensch dargestellt wird, kann das ja kein normales Denken erzeugen und man wird sich zeitlebens fragen, wo denn nun der Unterschied sein muss.-

Nun, nach einem knappen Jahr unseres Zusammenlebens fanden wir ein kleines Häuschen im Süden Frankreichs. Was heisst ein Häuschen? Es war eine totale Ruine ohne Strom und Wasser mit einem einzigen Fenster im ersten Stock und einer ebenerdigen Türe. Die Räume bestanden aus gestampfter Erde und einem grossen Stück beinhartem Fels. Der kleine Garten war haushoch mit Schutt gefüllt, aber das Objekt war für unser Budget erschwinglich. Wir entschlossen uns zum Kauf und waren nachher völlig blank. Wir hatten in der Schweiz beide einen Vollzeitjob und investierten jeden Rappen in diese Ruine, die wir während vieler Jahre in unseren Ferien um- und ausbauten. Für mich war es sehr wichtig, dass wir zusammen etwas aufbauen konnten, denn ich dachte, dass Gemeinsamkeit auch bindend sein werde. Ein junges Paar gründet meist eine Familie, und das Erziehen der Kinder und die diesbezüglichen gemeinsamen Sorgen werden zur festen Bindung. Da es bei uns andere Vorzeichen gab, stellte ich diese Ruine in unsere Mitte. Vermutlich war diese Einstellung nicht mal so falsch, denn so hatten wir immer ein gemeinsames Ziel vor Augen. Wir konnten uns an dem Erarbeiteten freuen und stets die nächsten Schritte planen und zusammensparen. Allerdings gingen wir immer davon aus, unser kleines Häuschen auch zu bewohnen und zwar, bevor wir im Rentenalter ankommen würden. Unsere finanziellen Mittel zwangen uns aber, auch in Frankreich nach einem Broterwerb Ausschau zu halten. In den nächsten sechs Jahren füllten wir regelmässig Gesuche aus, worin wir um eine Aufenthaltserlaubnis baten. So regelmässig wie wir einen Antrag stellten, so regelmässig erhielten wir auch abschlägigen Bescheid. Als wir kaum mehr an die Verwirklichung glaubten, hiess es plötzlich: „In Ordnung, ihr könnt kommen!" Wir kündigten unsere Arbeitsstellen und packten unsere sieben Sachen und zogen nach Frankreich in eine unsichere Zukunft. Am Anfang lief alles noch recht einfach, denn man lebt ja wie in verlängerten Ferien, aber dann überrollte uns auch hier der Alltag. Für mich war immer klar, dass wir uns als Ausländer möglichst korrekt und unauffällig zu verhalten haben, aber es war sauschwer. Wir machten uns als Kleinstunternehmen selbständig und suchten mit allen möglichen Mitteln nach Aufträgen. Jeden Auftrag mussten wir annehmen, denn sonst wären wir finanziell baden gegangen. Für einmal war es ein grosses Glück, dass wir hart arbeiten lernten in unserer Jugend. Das Zusammenleben gestaltete sich nicht sehr einfach, denn die Vorgeschichten hatten uns doch sehr gegensätzlich geprägt. Diese Prägung wurde nun durch das tägliche miteinander Leben und miteinander Arbeiten nicht gerade vereinfacht. Es gab sehr viele Stürme, die uns oft an unsere Grenzen führten und mehr als einmal standen wir beide kurz vor dem Aufgeben. Heute denke ich oft, dass uns eventuell unsere Vorfahren oder eine höhere Macht davon abhielten, einfach alles hinzuschmeissen. Es ging nie darum, dass wir unseren Auswanderungsschritt hätten rückgängig machen wollen, aber unsere Beziehung verwünschten wir bestimmt beide manchmal aus ganzem Herzen. In solchen Fällen macht man ja gerne immer den Partner zum Sündenbock. Zum Glück fanden wir im letzten Augenblick immer wieder die Kurve und besannen uns auf das Gemeinsame und auf unsere Liebe. Heute denke ich oft, dass es auch ein Segen sein kann, dass man älter wird, denn man wird auch ruhiger, besonnener und man lernt sogar, mehr miteinander zu sprechen. Am Anfang holpern diese Gespräche noch ziemlich, aber so langsam gewöhnt man sich daran, und vor allem kennt man seinen Partner immer besser und merkt, dass die geäusserten Vorwürfe nicht immer von Lieblosigkeit und Gedankenlosigkeit handeln, sondern, dass sie auf gemachten schlechten Erfahrungen aus frühester Jugend gründen. Mein lieber Ruedi, der Verdingbub, lernte mit der Zeit zu sprechen, und tröpfchenweise kamen auch ganz dunkle, böse Erlebnisse ans Licht. Ich sass oftmals daneben und konnte die Tränen nicht zurückhalten, denn ich fand alles so ungerecht. Niemand hat das Recht, ein Kind mit 10 Jahren seinen Eltern, seinen Angehörigen wegzunehmen und bei wildfremden Menschen abzugeben, denn das ist für dessen Gefühlswelt nicht zu verstehen.

Nach 10 Jahren hartem, sehr hartem französischen Überlebenskampf konnten wir die Rente beantragen in Frankreich, denn wir hatten ja schliesslich offiziell ein kleines Unternehmen gehabt. Stolz präsentierten wir unsere Papiere und zweifelnd warteten wir auf das Ergebnis. Denn in all den Jahren hatte noch nie etwas auf Anhieb geklappt, denn hier im Süden sind die Ämter grosse Meister im Verlieren von Schriftstücken und ganzen Dossiers. Aber was haben wir gestaunt, als zur angegebenen Zeit unsere Mini-Rente pünktlich auf unserem Bankkonto eintraf. Klar, manchmal spötteln wir etwas über die Höhe der Beträge, denn es handelt sich eher um ein Trinkgeld als um eine Rente. Dennoch schätzen wir uns glücklich, auf einmal Geld fürs Nichtstun zu bekommen.

Mittlerweile hatte Ruedi bereits bei einigen Freunden gewagt zu sagen, dass er ein verdingtes Kind gewesen sei. Die Leute betrachteten ihn offen staunend, denn es ist halt etwas anderes, in der Zeitung davon zu lesen oder dann einem betroffenen Menschen gegenüberzusitzen. In der Schweiz fing man nun auch an mehr oder weniger offen über diese Schreckenszeit zu reden, und plötzlich redeten wir auch etwas offener über dieses unglückliche Thema. Ich bohrte solange bei Ruedi nach, bis er sich einverstanden erklärte, nun endlich einen Antrag auf Offenlegung seiner Akten zu stellen. Auch fuhren wir etwas später in die Schweiz, wo wir uns mit Ruedis Geschwistern Vreni und Heinz trafen, um die Unglücksstätten der Drei zu besuchen. Wir

standen vor den Gebäuden, wo die damaligen Kinder untergebracht waren. Für mich als Randperson war es ein sehr aufwüh-
lender Tag, denn das Ungemach, das die Drei durchlitten hatten,
war förmlich mit den Händen greifbar. Solche Momente wünsche ich allen Politikern, die sich heute noch schwertun, das
Fehlverhalten der damaligen Behörden finanziell anzuerkennen.
Die drei Geschwister erzählten viel von ihren Eltern, denn sie
konnten sich ja, bis sie 10 jährig waren, in der eigenen Familie
aufhalten. Aus all den Erzählungen und gemachten Äusserungen kam immer wieder zum Vorschein, dass ihre Eltern alles nur
erdenklich Mögliche taten, um Geld zu verdienen, damit sie die
grosse Kinderschar satt bekamen. Aber es hiess auch: Weisst du
noch, wie wir mit dem Vater Pilze sammelten oder mit der Mutter beim Heidelbeeren-pflücken waren. Oder wie die Mutter
beim Gärtner sich um die kleinen Tannenbäume kümmern
musste, damit wieder etwas Geld in die Haushaltskasse kam.
Stell dir einmal vor, als wir im Kreuzweg wohnten, hatten wir
nur eine Dreizimmer-Wohnung, wir Kinder schliefen zu dritt in
einem Bett. Heute, wo jedes Kind ein eigenes Zimmer haben
muss, ist dies kaum vorstellbar.

Als wir vor den jeweiligen Höfen standen, wo jedes einzelne der
Drei untergebracht war, hing eine bleischwere Stimmung über
allen. Ich kämpfte immer wieder mit den Tränen, denn was hat-

ten diese arbeitsamen, liebenswürdigen Menschen verbrochen, dass sie nicht bei ihrer Familie bleiben durften? Sie kamen aus armem Haus, ich aber auch und sie mussten zu fremden Menschen und ich hatte ein fröhliches, liebevolles Elternhaus. Alle Politiker, die nach Gleichheiten suchen, haben nichts verstanden, und wenn sie das ganze Elend noch kleinreden, sind sie nicht fähig, ihr Amt ordentlich zu bekleiden. Denn es ist nicht einfach so, dass man ein 10-jähriges Kind dermassen entwurzeln kann, um dann zu sagen, es waren ja nur ein paar Jahre, es hätte ja nachher viel Zeit gehabt, sich zu verbessern. Ich staune immer wieder, wie tief die erlittenen Demütigungen und die erlittenen Blessuren sind. Ruedi ist über 70 Jahre alt und er träumt immer noch oft von den schlechten Erfahrungen. Es ist manchmal fast nicht zu glauben, aber plötzlich zuckt und wehrt er sich im Schlaf, und wenn ich ihn dann aufwecke oder ihn am nächsten Tag befrage, was war denn los? Er antwortet jeweils: „Ich habe vom Bauer oder der Bäuerin geträumt." Er ist dann ein paar Tage ganz nachdenklich und irgendwie verstört. Als wir die Verdinghöfe der drei Geschwister aufsuchten, sagten alle Drei einhellig: „Unsere Mutter, nein, unsere Eltern hätten uns nie freiwillig verdingt." Ich glaubte dieses ohne Zweifel, denn bei den anschliessenden Nachforschungen, die ich selber anfing, kamen so unbedeutende Dinge zum Vorschein wie das pünktliche An-

und Abmelden bei einer Gemeinde beim Umziehen, oder, dass der Vater im Abstimmungsregister eingetragen war etc.

Nun also füllten wir einen Fragebogen aus, um endlich zu erfahren, wer denn die Verantwortung für dieses Elend zu tragen habe. Es gingen Wochen und Monate ins Land ohne konkrete Antworten. Wir wurden auf unsere wiederholten Anfragen immer wieder vertröstet. Mal kam vielleicht sogar eine Antwort, ja, die Familie habe tatsächlich in dieser oder jener Gemeinde gelebt, aber zum Kernpunkt wollte sich niemand richtig äussern. Die fadenscheinigen Ausreden füllten langsam ein Dossier. ´Wissen Sie, viele Akten wurden halt bereits vernichtet und im Staatsarchiv lagern zig-Tonnen und das geht alles nicht so leicht mit der Nachforschung´.

Die Gemeinde Niedermuhlern schrieb folgendes: ´Aufgrund Ihrer Angaben haben wir mehrmals und intensiv in den Archiven der Einwohnergemeinde und der Schulgemeinde nach Hinweisen und Akten zu Ihrer Person gesucht. Dabei haben wir sämtliche Protokolle des Gemeinderates in der Zeit 1951 bis 1956 durchforstet und alle bei uns befindlichen Vormundschaftsrodel durchsucht und auch in den Einwohnerregistern nachgeforscht. Leider müssen wir Ihnen mitteilen, dass wir im Archiv der Einwohnerkontrolle und der ehemaligen Schulgemeinde keine Hinweise oder Akten zu Ihrer Person gefunden haben. Wie wir feststellen konnten, sind Sie mit Ihren Eltern im April 57 von der Gemeinde Mötschwil zugezogen und im April 1970 nach Belp weggezogen. Unsere Nachforschungen beim kantonalen Jugendamt haben zudem ergeben, dass das Pflegekindwesen erstmals ab 1970 mittels kantonalen Bestimmungen geregelt wurde- vorher nur ungenügende eidgenössische. Bestimmungen vorhanden waren. Die Archivierungspflicht damals einen Zeitraum von 10 Jahren umfasste und daher die Möglichkeit besteht, dass die Akten möglicherweise vernichtet wurden. Der Kanton sowie das Staatsarchiv über keine entsprechenden Akten verfügt. Wie bereits erwähnt, sind Ihre Eltern im April 1957 in unsere Gemeinde gezogen, das heisst, dass Ihre Platzierung bereits vorher feststand und somit die Gemeinde Mötschwil über Akten verfügen müsste!

Das war's dann schon. Diese Antwort erhielten wir nach einem Einschreiben von uns im Juli 2011.

Die Zeit verging mit Warten, unter anderem auf eine Antwort aus Mötschwil.

Bei mir ist es oft so, dass ich mich umgehend hinter ein Thema stelle und mit allen Mitteln versuche, eine brauchbare Antwort zu erhalten. Wenn die Antwort sich dann als ungenügend entpuppt, benötige ich wiederum etwas Zeit, um das Ganze zu sortieren und mir noch exaktere Fragen zu überlegen. Plötzlich habe ich dann wiederum eine Riesenwut und eine neue Strategie, um eventuell doch noch zum Ziel zu kommen. Im November schrieb ich erneut an die Gemeinde Niedermuhlern per E-Mail und erhielt am 4.11. 2011 folgende Antwort:

´Vorerst möchten wir Ihnen versichern, dass wir Ihr Anliegen ernst nehmen und Ihren Groll auch verstehen können. Wir teilen Ihre Meinung, dass die damaligen Ereignisse zu einem traurigen und unrühmlichen Kapitel der Schweizer Geschichte zählen. Mit der Kenntnis Ihrer detaillierten Angaben in Ihrer E-Mail sind wir wiederum im Gemeindearchiv auf die Suche gegangen.

Im Schulrodel 57/58 sind Sie in der Klasse von Frau M. L. Z. aufgeführt. Auch im Schulrodel von 58/59 sind Sie in der Klasse von Frau Frau M. L. Z aufgeführt. Im Schulrodel 59/60 sind Sie in der Klasse von Herrn H. R. verzeichnet, ebenso im Schulrodel 60/61. Im Schulrodel 61/62 gehörten Sie der Klasse von Herrn H. U. an und auch im Schulrodel 62/63. In allen Schulrodeln sind keine Bemerkungen über Sie enthalten. Ebenso geben die Schulrodel keine Auskunft über die von ihnen erwähnte Familie M. Wie bereits im Schreiben vom Juli erläutert, haben wir trotz nochmaliger Suche keine Unterlagen gefunden, welche Auskunft über vor-mundschaftliche Tätigkeiten geben würden, Wir haben also keine Unterlagen gefunden, welche Auskunft über das Wie, Warum und Wer der damaligen Zuweisung gäbe. Wie bereits erwähnt, könnte daher die Gemeinde Mötschwil allenfalls noch über Archivakten verfügen. Wobei auch hier erwähnt werden muss, dass die Aufbewahrungspflicht damals einen Zeitraum von 10 Jahren umfasste.

Seien Sie nochmals versichert, dass wir Ihr Anliegen ernst genommen haben und eine nicht unwesentliche Zeit bei der Suche aufgewandt haben. Unterschrift des Gemeindeschreibers.´

Die Gemeinde Mötschwil hatte in den letzten Jahren irgendwie mit anderen Gemeinden fusioniert und von uns gestellte Anfragen und Bitten wurden geflissentlich übersehen und somit auch nie beantwortet.

Nun kam ich auf die Idee, dass doch bei den Kirchen jedes Zettelchen archiviert sein müsste, denn nach meinem Verständnis bewahrt die Kirche alles über ihre Schäfchen auf. In meiner Schulzeit musste man ab siebter Klasse jeden Sonntag zur Kirche und ich höre in meinem Hinterkopf noch immer die Stimme des Pfarrers, wenn er am Ende der Predigt die Kirchgänger darüber informierte, dass die heutige Kollekte für die Bedürftigen der Gemeinde sei. Und ich dachte mir, dass vermutlich auch ein Pfarrer so eine Art Ausgabenbuch führen müsste und demzufolge irgendetwas über die Bedürftigen geschrieben sein könnte. Also schrieb ich an den Pfarrer von Niedermuhlern. Es antwortete mir dann eine Pfarrerin G. folgendes: ´Auf die Frage in Ihrem Brief kann ich Ihnen keine klare Antwort geben. Bei uns ist bloss vermerkt, dass Ihr Mann plus vier jüngere Geschwister zusammen getauft wurden´! Diese Massentaufe schilderte mir Ruedi zuvor so: " An einem Dienstag nach der Unterweisung mussten meine jüngeren Geschwister zur Kirche kommen. Dort wurden wir alle miteinander getauft, denn sonst hätte man mich nicht konfirmiert. Der Pfarrer wollte mir anschliessend noch zwanzig Franken in die Hand drücken, die ich aber strikt ablehnte, denn ich wollte keine Almosen. „ Frau G. schrieb weiter: Ich habe mit Herrn M. gesprochen, Sohn von Ruedis Verdingbauern. Er war ja gut zehn Jahre älter als Ruedi und wie es hiess lange auf der landwirtschaftlichen Schule gewesen. Er weiss noch, dass Ihre Eltern und Ihre Geschwister in der „Fuhren" wohnten. Ihr Vater war gehbehindert und habe eventuell von einer kleinen Rente gelebt, jedenfalls waren Ihre Eltern froh über Unterstützung und daher haben Sie gegen Kost und Logis beim Hof gearbeitet. Sie hätten an den Wochenenden nach Hause gekonnt und er glaube, dass Sie erst in der 8. Und 9. Klasse auf dem Hof arbeiteten´.

Als Ruedi dies vernahm, traf ihn fast der Schlag. „Das ist doch alles eine verdammte Lüge", donnerte er los. „Wie will der das wissen, denn er war ja kaum zu Hause." Ich beruhigte ihn dann, denn ein Mann von fast 90 Jahren kann oder will sich nicht immer so genau erinnern, denn vermutlich weiss auch er heute, dass die Behandlung der Verdingkinder nicht zum löblichsten Verhalten seiner Eltern gehörte. Zudem ist es lange her, und viele Menschen meinen immer noch, dass irgendwann über jede Geschichte Gras wachsen würde. Was ja wortwörtlich auch so stimmt, bloss bleibt der Müll oder ähnliches da, wo er ist, und nur die Betroffenen kennen noch die leidigen Stellen.

Die Medien berichteten nun fast andauernd irgendetwas über dieses unerfreuliche Thema. Als die Bundesrätin sich dann noch öffentlich bei den Betroffenen entschuldigte, drehte Ruedi fast durch: „Was soll ich mit einer solchen Entschuldigung anfangen, die haben alle keine Ahnung, was mir angetan wurde." Ich persönlich fand es ebenfalls einen Hohn, dass eine unbeteiligte Person sich für andere entschuldigt. Das ist doch nun wirklich mehr als schräg, denn wenn ich etwas ausgefressen habe, muss ich geradestehen und nicht mein Nachbar. Es wurde sogar eine Gedenkstätte eingerichtet und ähnliches mehr, aber wozu? An meinem lieben Ruedi kann ich am besten sehen, wieviel die Behörden kaputt gemacht hatten. Man entzog diesen Kindern die Nestwärme, die Geborgenheit, den Kontakt zur Familie - und man entzog ihnen die beruflichen Möglichkeiten. Sicher gibt es einige, die selber die Kurve kriegten, aber ein Grossteil fand sie eben nicht. Ruedi meinte oft, die sollen mir wenigstens die geleistete Arbeit bezahlen, denn wir ersetzten an den meisten Orten einen Knecht. Aber so weit geht dann das Unrechtsbewusstsein der Politiker doch nicht, denn man unterstützt weit eher jemanden in der dritten Welt. Ruedi sagte oft, dass man die einzelnen Gemeinden belangen sollte, denn die liessen ja das Unrecht still und leise zu.

Nun, unsere Aktensuche schien erfolglos zu sein. Eines Tages erzählten wir Freunden das Problem. Die Frau, sie ist eine pensionierte Ärztin, meinte, dass sie jemanden kenne, der ihr in ihrem früheren Berufsalltag oft behilflich war. Sie gab nun alle Daten an diese Person weiter. Nach einem knappen Monat hiess es dann: Es ist nirgends ein Akteneintrag zu finden! Ruedi schüttelte nur ungläubig seinen Kopf, denn er fühlte sich unverstanden und als Lügner dargestellt. Auch ich hatte Mühe, mit diesem Resultat zu leben. Also wandte ich mich nochmals an diesen Herrn mit einigen recht präzisen Anmerkungen. Er schrieb uns dann, dass es früher sehr oft der Brauch gewesen sei, dass, wenn kinderreiche Familien Vergünstigungen einer Gemeinde erhielten, der Gemeindeweibel dann bei den Leuten vorstellig geworden sei und sie förmlich unter Druck setzte, damit sie die ältesten Kinder eben verdingten. Man konnte in einigen Akten sogar lesen, dass man Ruedis Eltern auf fürsorgerischer Ebene Kartoffeln zukommen liess, die natürlich von der Gemeinde bezahlt wurden. Anlässlich des Umzugs nach Niedermuhlern wurde ebenfalls erwähnt, dass das vorhandene Brennholz von Ruedis Eltern zu berappen sei. Dieser beauftragte Herr sagte mir, dass er ganz sicher sei, dass es bei Ruedi auch so der Fall gewesen sein müsse, denn Ruedi erzählte ja -zig Mal, dass immer ein und derselbe Mann bei den Eltern vorbeigeschaut hätte, und wenig später wurde Ruedi tagein und tagaus eingebläut, dass er nun bald weg müsse, also die Familie zu verlassen habe. Ja, so wird es tatsächlich gewesen sein, bloss mildert diese Gewissheit das Unrecht in keiner Weise. Wir vermuten beide, dass im Falle von Ruedi und dessen Geschwistern einiges unter den Teppich gekehrt und vermutlich nur oberflächlich protokolliert wurde, wenn überhaupt. Ruedi weiss noch, dass sein Lehrer R. ihm oftmals erklärte, dass er sein Vormund sei. Wenn irgendwelche Fragen oder Probleme zu erörtern waren, hätte er nämlich bei diesem Lehrer vorsprechen müssen, kann sich Ruedi erinnern. Aber der Herr, welcher mit der Aktensuche beauftragt war, versicherte uns, dass nirgends ein Eintrag über Vormundschaften oder ähnliches existierte. Wir können nur vermuten, dass man entweder diese unrühmlichen Akten vor langer Zeit schon entsorgte, oder aber, dass man vorsichtshalber gar nichts zu Papier brachte.

Die Anteilnahme in unserem Umfeld, bei unseren Freunden ist sehr gross und alle sind zuversichtlich, dass die Landesväter sich endlich zu einer finanziellen Entschädigung durchringen werden. Leider kann ich diese Haltung nicht teilen und Ruedi auch nicht. Man veranstaltet runde Tische mit endlosen Debatten, und je nach Parteifarben ist man dagegen oder dafür, aber es läuft eher auf das Aussitzen des Problems hinaus.

Vor einem Jahr starb Heinz, Ruedis Bruder, zwei Schwestern sind ebenfalls schon gestorben. Jedes Mal sagt Ruedi: „So, jetzt ist wieder einer weniger, für den sie zahlen sollten. Wenn sie noch ein paar Jährchen warten, hat sich das ganze Thema dann von selber erledigt."

Es ist zum Weinen...

Oftmals wenn im Radio der Schacher Seppeli abgespielt wird, singt Ruedi mit Inbrunst mit, vor allem dann, wenn es heisst´: dass die armen und geplagten Menschen auch im Himmel einen Platz haben werden. Diese Zuversicht bricht mir jedes Mal ein Stück meines Herzens.

Aber irgendwo kommt auch hier ein Lichtlein her. Wir haben Freunde, die an Ruedi einen recht grossen Betrag schenkten, einfach so. Ruedi meinte hierauf, es hat zwar das Eine mit dem Andren nichts zu tun, aber ich will es nun mal so sehen, dass dies das mir zustehende Geld aus meiner Verdingzeit ist. Es war nicht nur das erhaltene Geld, welches etwas Ruhe ins Spiel brachte, nein, Ruedi fand von einem Tag auf den anderen ein Hobby. Er war auch zuvor nie untätig gewesen, aber seit er seine Arbeiten aus Holz erstellt, hat er irgendwie einen gewissen inneren Frieden gefunden. Klar, die erlittenen Ungerechtigkeiten und die verschiedenen Blessuren sind nicht vergessen, aber sie gerieten etwas in den Hintergrund. Die Wunden brechen immer dann auf, wenn irgendwo das Thema „Verdingkinder" angeschnitten wird oder wenn wir über eine ähnliche Begebenheit sprechen. Ruedi äussert sich jeweils so: „Ach Mist, jetzt träume ich dann wieder von dem ganzen Zeug und kann ein paar Nächte nicht richtig schlafen."

Mit Tieren kam und kommt Ruedi seit je bestens klar. So verwundert es auch nicht, dass er Tiere schnitzt. Er, der nie eine derartige Ausbildung oder Lehre machte, fing plötzlich an mit einem Stück Holz zu arbeiten. Es gibt Tage, da rumort es wie wild im Dachboden und es dröhnt und brummt durch alle Wände. Plötzlich dann kommt er mit einer Obstschale, einer Blumenvase oder sonst einem Töpfchen.

Oder dann klopft es den ganzen Tag mal leiser, mal fester. Ich nenne ihn schon meinen Klopfgeist. Aus dem völligen Nichts präsentiert er mir dann das Geschaffene. Ich bin fasziniert und gerührt und hoffe, dass er mit all seinem Werken die ihm feh-

lende Bewunderung, einen gewissen Respekt und vor allem seine Menschenwürde zurückgewinnt.

Nachsatz:

Ende des Jahres 2016 erlitt Ruedi einen schweren Herzinfarkt. Er war zweimal im Spital und erhielt dort mehrere Stents.

Die Schweizer Regierung hatte sich jetzt endlich durchgerungen, an die Verdingkinder eine einheitliche Entschädigung zu bezahlen. Im Januar 2017 stellten wir deshalb den entsprechenden Antrag. Verschiedentlich hiess es jetzt in den Nachrichten, dass man versuchen werde alles so rasch wie möglich abzuwickeln. Demzufolge warteten wir mit grosser Spannung auf eine baldige Antwort.

Ende Mai 2018 hatte Ruedi wieder einen kleineren Infarkt. Ich wurde nun richtig wütend, dass sich in der Verdingkind-Frage immer noch nichts getan hatte. Eine uns wohlgesinnte Person riet mir dann, einen Arztbericht über Ruedis Gesundheit an die entsprechende Behörde zu senden. Dies tat ich umgehend. Nun endlich kam Bewegung in die Sache. Tatsächlich hielt ich ein paar Wochen später ein Schreiben der Behörde in Händen, worin versichert wurde, dass man in ein paar Wochen den zustehenden Betrag auf Ruedis Konto überweisen werde. Ich heulte Rotz und Wasser, denn bis jetzt hatte ich immer noch gezweifelt, dass man das angetane Unrecht vermutlich wieder unter dem Teppich belassen werde. Ruedi seufzte erleichtert auf als ich ihm diese positive Nachricht vorlas.

Rückblickend scheint es mir, dass er dank diesem Schreiben ruhiger und ausgesöhnter geworden ist.